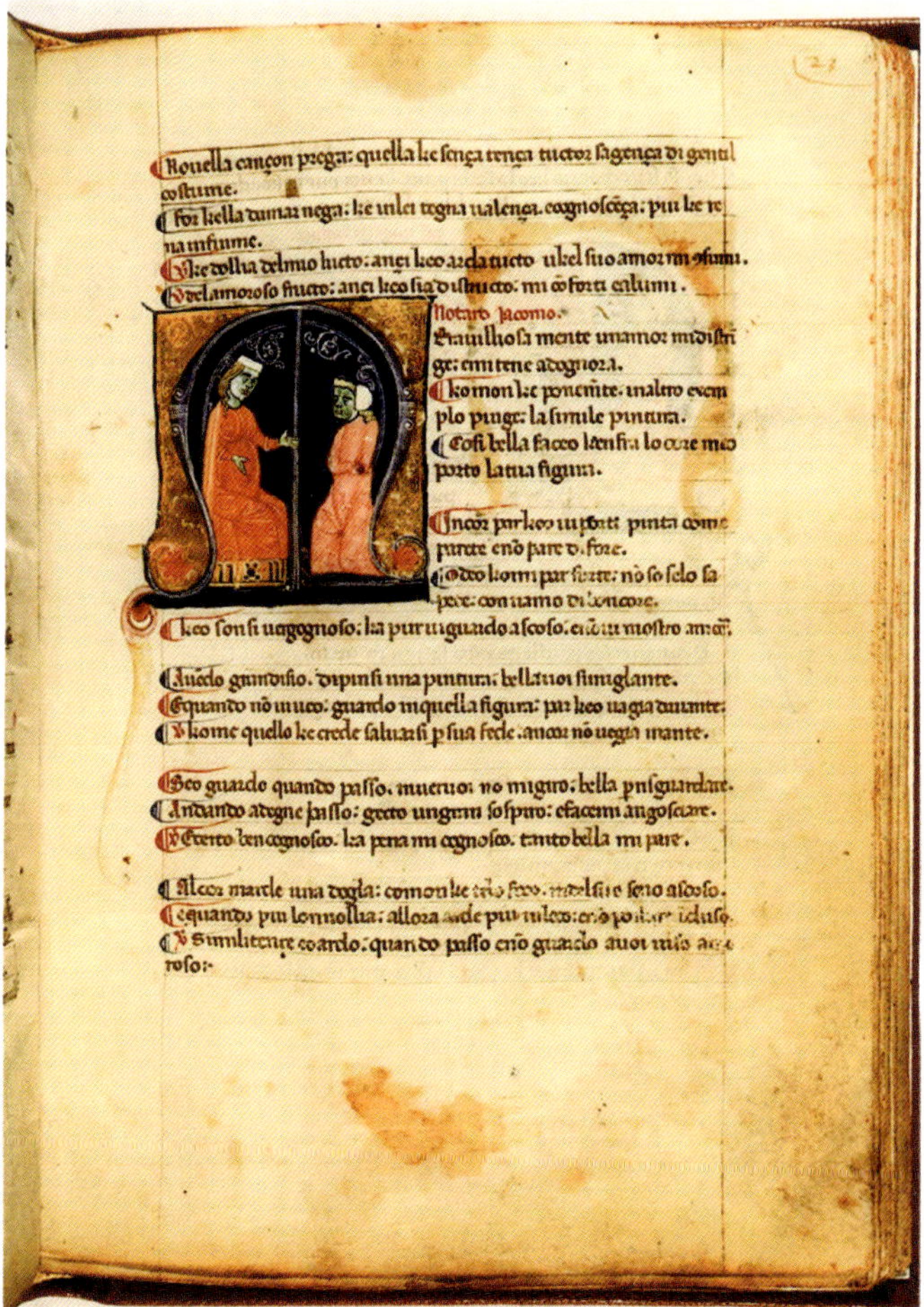

I. 飾り文字のイニシャル M の中のジャコモ・ダ・レンティーニの挿絵。写本 Banco Rari 217 Rime antiche（fol. 23r）のレンティーニの名詩の一篇 ‘Meravigliosamente’（本訳篇の第 II 歌）が筆写されている。上には赤字で ‘Notaro Jacomo’「公証人ジャコモ」の文字が見える。十三世紀後半、フィレンツェ国立中央図書館蔵。

II. 皇帝フェデリコ二世の孫に当たる、ホーエンシュタウフェン朝の最後のシチリア王、及びエルサレム王のコンラディン（伊語でコッラディーノ）が連れを伴い、貴人のスポーツの鷹狩りに興ずる場面の細密画、『マネッセ写本』（Cod. Pal. Germ. 848., fol.7r）より、十四世紀前葉、ハイデルベルグ大学図書館蔵。

中世イタリア詞華集

シチリア派恋愛抒情詩選

Antologia di Liriche della Scuola Siciliana

瀬谷幸男・狩野晃一［編訳］

論創社

シチリア派恋愛抒情詩選——中世イタリア詞華集　目次

ジャコモ・ダ・レンティーニ　Giacomo da Lentini

グィード・カヴァルカンティ　Guido Cavalcanti

シチリア派恋愛抒情詩選——中世イタリア詞華集

ジャコモ・ダ・レンティーニ　Giacomo da Lentini

フェデリコ二世の宮廷における公証人であり抒情詩人。生没年は不詳。ジャコモはレンティーノ（今日のレンティーニ、シチリアはシラクーザの北）の生まれ。彼の生涯についてはあまり良くわかっていないが、それでも一二三三年から一二四〇年までの法律関連の文書にある自署や、作中における自分への言及、出生地や当時の出来事などから少しは垣間見られる。ジャコモが卓越した詩人であったことは現存する多くの詩や他の詩人による証言からも明らかである。ダンテは『神曲』「煉獄編」*La Divina Commedia*, Purgatorio（第二四巻、五五―六〇行）と『俗語詩論』*De Vulgari Eloquentia*（第一巻、十二）において、ジャコモがシチリア派中最も優れた詩人であるとしている。ジャコモについての記述はペトラルカの『凱旋』にも見られる。ジャコモはシチリア派の中でもっとも多産な詩人で、十五のカンツォーネ、二十二のソネット、二編のテンツォーネ（討論詩）、一編のディスコルドが残る。またジャコモはソネット形式をはじめて用いた詩人としても知られる。ジャコモのソネットは主に恋愛をテーマとしているが、特に道徳的なものも二篇存在する。

トルバドゥールの用語をイタリア語に移植するジャコモの試みは上手くいったといえる。トルバドゥール詩の複雑さを巧みに取り入れただけではなく、独自の精神は恋愛と詩歌についての考え方に遺憾なく示されている。

I　あなたを慕うわが心

わが婦人《マドンナ》よ、わたしはあなたに伝えたい
あなたが見せた　ひどい非情《つれなさ》にもかかわらず
あなたへの愛に　ほだされたさまを、
さらに　美しきご婦人よ、何の救済《たすけ》にもならなかったことを。
ああ悲しい、わが心よ！
かく大いなる苦しみを耐える心はまさに息絶えなんとするに生きている
わが心深く愛し、それどころか此事を生命《いのち》と思うゆえ。
わたしは死んでいるのか　生きているのか。
いやそうではない。だがわが心が
息も絶え絶えに、自然に果てるよりも更なる苦しみにあえぐのは
わが婦人よ、あなたのため。
自分よりも大切な女《かた》よ、あなたをお慕いする　わが心。
だが　それを拒むあなた。
愛するひとよ、あなたの愛をわたしは不幸にも目にしてしまった。

わたしの恋する心は
言葉に表すことはできない。
しかし、わたしのその感じ方を
心は　思い描けず、どんな舌でも言えまい。
心の奥底で
苦しんでいることに比べたら
わたしの口にすることは　取るに足らない。
わたしの心には炎が灯り、それは決して消えることなく、
いやむしろ、炎が絶え間無く燃え続けている。
なぜその炎は　わたしを焼き尽くさずにいるのか。
サラマンドラ[1]は　無傷で　炎の中に
棲むと　耳にしたことがある
わたしもながいこと　この様にしている。
わたしは愛の炎の中に生きているのだから。
自分で何と言えばよいのか分からない。
小麦の穂は出ているが、まだ殻粒はないのだから。[2]
わが婦人よ、このようなことがおこったものだから

わたしが感じる愛の本質について
うまく語ることなど　できない。
痒がる人間のように
わが心は　そのように感じさせるのです。
というのも　その感ずるところに触れることができぬ間は、
それは決して穏やかではなかろうから。
うまくことが運ばないことが　わたしを悩ませる。
絵の具を塗りつけたり　こすり取ったりする人のように、
そして常に自分の描いたものが
気に入らず、自分を責めるひとのよう。
描いたものが　まったく
そのものに合致しないゆえに。
たとえひとが海に落ちて手を伸ばしたとしても
それは非難されるようなものではない。

1　西洋の伝説上の動物。火中に住むヘビ・トカゲの類で、火の精とされる。
2　形式は整ったが、未だ内実がないことの喩え。

わたしをとらえるあなたへの愛は
嵐狂う海にある
船のよう。
嵐にあって船の底荷を投げ捨てて
危険な場所から離れることで
生き延びるのだ。
美しき人よ、同じように　わたしも投げ捨てよう
わたしの溜め息と悲嘆を　あなたに。
というのも　もしわたしがそれらを手放さずにいたら
底へと沈んでいってしまうような気がするから。
いや、きっと沈んでしまうだろう、
心は、その欲望《おもい》にとても苦しむことだろう。
嵐は　大地に激しく
吹き付け、そして静まり返る。
そのようにわたしも嘆息し
砕け散れば、心静まるかもしれない。

十分に　わたしはあなたに

示した、慈悲なき婦人《ひと》よ、
いかにわたしが愛にほだされているかを。
だが　描かれたわたしであっても　あなたはお気に召さないだろう。
ああ悲しい、わたしのところだけに
そんな巡り合わせがきても、
どうして　それを諦めないのだろうか。
できはしないからだ。愛はわたしをこうも征服したのだ。
全く現実となって
わたしの心が　外へ現れるよう
わたしは願う、
尊大なあなたに　一言申し述べなくとも。
というのも〈愛の神〉は心をこの様な状態に変えてしまったので、
かりに　その内に毒蛇がいたとしても、
それは本来の性質を失って
斯様な事態にあるわが心を目にし　憐れみを感じてくれることだろう。

II　愛の苦しみ

驚くほどに
愛が　わたしを苦しめ
常に　捉えて離さない。
手本を　しかと見て
うりふたつの絵を
描くひとのように、
美しき人よ、わたしもそうする。
故に　わたしの心のうちには
あなたの姿《フィグーラ》が　結ばれる。

心に　あなたを抱いている気分だ
ありのままの姿に描かれた　あなたを、
それは外側には見えることはない。
わたしには　いや　惨きこと、
心より　あなたを愛していることを

あなたがご存知か分からないなんて。
わたしは　かくも内気であるために
隠れてしか　あなたを見つめることができず、あなたに
わたしの愛を　ご覧にいれることもできないのだから。

大いなる熱情を　かたむけ
一枚の絵を　わたしは描いた、
麗しの人よ、それはあなたの似姿、
あなたのことを目にしないときには
その絵を見ては
自らの前に　あなたがいるような気になっている。
あたかも　自分の信仰によって
目の前にあるものを見ることがなくとも
救われると　信じている人のごとくに。

心では　悲しみがわたしを焦がす
まるで胸の内に　秘めた炎を
宿す人のよう。

それを包み隠そうとすればそれだけ
いたるところ　焼け焦げて
ついには　内に秘めておけなくなる。
同じように　わたしも燃えている
だから近くを通りかかっても　あなたを、
美貌のお方よ、見ることはない。

すれ違いざま　あなたに視線を向けはするが、
美しき人よ、振り向いたりして
見つめたりすることはない。
一歩一歩、歩を進めるごとに
溜め息は　深く
それがわたしを苦しめる。
なんとも　実に　苦しい
そのため　自失のありさま。
あなたは何と　美しいことか。

あなたの持つ　美しさについて

わが婦人よ、あらゆる場所で
十全に　あなたのことを褒め称えた。
わたしが抜け目なくそうしたのだと
だれかが　あなたに嘯《うそぶ》いたのかは分からない、
あなたはいつも　姿をお見せにならぬから。
つぎに　お目にかかる時には
わたしが言葉で言わんとすることを
わたしの表情で　ご理解いただきたいもの。

わが新しき小曲《カンツォネッタ》よ、
新たなことを歌えよ。
最も美しき方を前にして
朝《あした》に　立ち昇れ。
すべての恋する婦人の華は
純金よりも　金色に輝く。
「あなたの大切な愛を
レンティーノに生を受けた
公証人に授けたまえ。」

III　愛の奉仕に対する報酬《みかえり》

私はあなたからの見返りを
待ちわびている、わが貴婦人よ、あなたへの愛の奉仕は
わたしにとって　煩わしいことではない。
あなたは　わたしに対して傲慢であるけれども
欠けることのない愛の歓びを　わたしは
手に入れることを望み続けている。
あなたの侮蔑が　わたしの自信を取り去っても
絶望して　生きるわけではない。
というのも　わたしは何度となく目にし、証明されているからだ
身分の低い者が
高位に昇ってゆくのを。
もし　ものごとを向上させる仕方を知っていれば
自らが得た小さきもの増大させるがよい。

わたしは絶望に　身を委ねたりはしない

だって　わたしは自分に誓ったのだ
幸運を手にすると。
わたしが　あなたにたいして抱いている
忠実な気持ちは本物、希望が
わたしを　生かしている。
だから　わたしを苦しめた〈愛の神〉から
目を背けたりすることはない
あたかも　蛮人が行うように
わたしもやろう。
天候が荒れている間、彼は笑う、
目にしている悪天候が
そのうち収まるだろうと思いながら。
そのように　あまりに残酷な婦人に、わたしは安らぎ望んでいる。

かりに、それでもなお、幸福に期待をすれば、
優美な婦人よ、慈悲の心が
あなたのなかで　生まれるかも知れない。
気高き婦人よ、わたしに

辛くあたらないでいただきたい、
絶世の美しさをあなたに認めるのだから。
というのも　美しいけれども
慈悲心のない婦人は、
金はもっているが
所有物《もちもの》について　吝嗇《けち》な男のようなもの。
よし　彼に教養がなく
礼儀をわきまえず　分別がなければ
そのひとは　皆から非難され、
忌わしく思われ、軽蔑され、厄介扱いされる。

優美な婦人よ、わたしが死ぬことのないよう願う。
もしあなたに嘆願しても、わたしの願いで
あなたが　不快になりませんように。
あなたにあらわれる美しさは
わたしを苦しめる、あなたの表情に浮かぶ
眼差しもそうだ。
あなたの魅力的な容姿《フィグーラ》は

わたしの心を　ずたずたに引き裂く。
あなたを想うとき、
わたしから生気は失せ、凍りつく。
わたしを歓ばせるような
愛の欲望は
僅かばかりも　わたしを駆り立てることがない。
それどころか愛情を得られないので　わたしは窶《やつ》れゆく。

IV　〈愛〉は誰もが求める憐憫《あわれみ》の情を

〈愛〉は　誰もが求める憐憫《あわれみ》の情を
わたしが求めるのも、また　わたしが恋をしていると
己惚れることも　よしとしない、
誰もが恋をして　悦に入っているというのに。
万人が　周知の
愛の奉仕には　名などない。
皆が知っていることは
賞賛するに値しない。

麗しの婦人よ、あなたに　かかる贈物など
差し出したくはない。

だから〈愛〉はわたしに教えてくれる
他人を範とすべきではないと
愛は、見るものすべてを真似る猿のように
わたしがすることも望まない。
というわけで、わが婦人よ、
あなたには望むまい
慈悲《メルツェーデ》や　あわれみ《ピエタンツァ》を。
恋する者《アマトーリ》が　数多いて、
慈悲は　あまりに当たり前のものとなり
その味を　失ってしまったのだから。

より珍しい宝石はすべて
いっそう価値が高いと考えられている。
また値は高くなくとも
他の宝石よりも好まれることもある。

というのも　サファイアは東洋のものゆえに
更に高い価値を持つが、
その効力は　然程あるわけではない。
つまり、あなたの慈悲心に
わたしの心が　場所を占めることはない、
というのも　慣れは価値を下げてしまうから。

あなたが貶めた
昔日の　トルコ石、
優美にして価値高かりし。
だが、それに歓びを見出すことはない。
滅多にない歓びが　あらわれるまで
如何なる場所においても
懇願することがないように
慈悲の心は押さえつけられている。
如何なる場所においても
九年《ここのとせ》を過ぎるまで
詩行に刻まれることなく、

恋する者《アマドール》から求められることもない。

情けをかけてくれなくとも　美しき女《ベッラ》よ、
あなたは　わたしの愛情を　それと知る。
わたしが自分で見ている以上に
あなたは　わたしのことを　より良くお分かりだから。
それゆえ、あなたにはこう思われよう
あなたの愛を　手に入れる手だては
別にあるに違いないと。
愛の歓びを出し惜しみなさいますな。
こんな愛を　あなたはお望みなのか、
そんなことなら　いっそ死んでしまいたい。

V　心の雫

心より　いでて
涙《しずく》が　わたしの眼《まなこ》をみたす。
恋人よ、幸運の運び手よ、

わたしが　あなたに
抱いた確かな希望を
想うたび
ほほを濡らすこと
しばしば。
だから、もしわたしを愛してくれるのならば
間違ってくださるな。
だって　あなたのことを想い
ずっと　待ちわびながら
あなたへの愛は、
美しきひとよ、わたしの心を打ち砕いてしまうのですから。
だから、あなたを不快にする
おそれがなければ
死んでしまって
この苦悩を　生きようとはすまい。

というのも　切に願い
わたしの歓びと

ならぬのは
絶え間なき苦悩《くるしみ》であるから、
芳しき創造物《ひと》よ、
あなたを思い浮かべれば
わたしの眼《まなこ》は　愛の
水《しずく》で濡れる。
今や　ああ、わが愛《きみ》よ、
ひっそりと歩を進めくる
巡礼者のごとく、
愛情に満ち
あなたとともに　いられるのであれば
わたしは　あなたの甘美《やさし》さから
離れるようなことはない。
あなたから
［……］遠く離れて
治癒することのない病を
身をもって経験した。
トリスタン[3]もイゾルデ[4]を

こんなにも愛しはしなかった。
あなたに　お会いできないのは
わたしにとり　死も同然。

あなたの力は　淑女や乙女を
飾り立て　奮いたたせる。
わが貴婦人よ、それを告げるは
あなたの　美しい瞳。
新たな歓びを感じ
あなたを目にしていたのを
いつも　思い返している。

「わが心よ、さてお前は
なぜ死なないのだ。

3　ケルト説話に由来する中世フランス騎士物語『トリスタンとイゾルデ』に登場する人物。コーンウォール王の后にして、トリスタンの愛人。「金髪のイゾルデ」として知られる。
4　媚薬のせいでイゾルデと恋仲になったコーンウォールの騎士。アーサー王伝説にも組み込まれ、円卓の騎士の一人とされている。

何をしているのか、答えろ
なぜに［……］こんなにも苦しんでいるのか」
「あんたには答えないよ
それどころか　すぐにわたしと共に
わたしの望む場所へ　あんたが行かなければ、
あんたのことを　やり込めてやる。
潑剌とした顔《かんばせ》は
嵐のように荒れて打ちひしがれる。
不安と嘆きの内に
わたしは置き去られた　あんたのせいでね。」

このように、美しき人よ、
わが心は　わたし自身と話を交わす。
別の女については　考えたり
話もせず、口はつぐんだまま。
心からの、そして自然な
あなたへの愛が　わたしを喜ばせるものだから
他のご婦人たちのどんな表情も　さびしげに思える。

わたしの目が覚めていても眠っていても、
わたしの心は　眠りにつくことはない。
あなたの飾らない心が　常に
わたしを捉えていたのだ、わが貴婦人《マドンナ》よ。

見るものはすべて　こんなにも
悲しくぼんやりとした姿に思えるゆえ、
目玉がほしいとか、
他のものを見たり　望んだりしたくもない。
解かれた髪も　巻かれた髪も　飾られた髪も
褐色の女も　色白の女も
［……］
［……］
全き至高の歓びが　わたしを引き寄せる。
あなたは最高の女性、
もし　わたしが気に入られるという歓びを手に入れさえすれば
あなたの愛は　わたしに好意と知恵をさずける。
思いのままに　一番愛する方に仕えるため

あなたの厚情が　わたしに分別を与えてくれる。
しかし　以前の記憶があまりに強烈で
わたしは二の足を踏む。

引き連れて、狂ったように
走る愛は　わたしを導くものではない
走ることはせず、至純の愛のために
軽やかに過ぎ行く。
わたしは愛を求めており、
決して忠誠を捨てたりすることはない
もし自分が死ぬと分かっていたとしても。
こんなにも愛はわたしを締め付けるのだ。
わたしは全幅の信頼をよせ、信じなくなる様なことはない
わたしの到来が歓びをもたらし、
「……」会うことで元気づけるに違いないと。

しかし、決してあなたの命令に
従うことはないし

あなたの美しさという
慰めを得ることもない。
そのためにわたしは隅にいよう
あなたがそれを望む間は。
そうしている間に　ご挨拶と
甘美な涙をあなたに送ろう
常々わたしは涙を流し
決して笑うことはない、
あなたの美しい容顔《かお》を
見ることができぬ間は。
それは、その通りで、
他のことをしようとは思わないし、
できもしない。
これがわたしの気持ちだ。

というのも（彼女は）
他のことばを望まず
ひとの

お喋りについて
苦情を述べているのだから。
喋ったり嘆いたりするのに
同意せず、
わが甘美な思慕の情を
保ちつづけることを
やめてしまおうと
心に思っている。

わたしたち二人は
心ひとつであり、
今わたしは
以前よりも一層
美しき眼の持ち主よ、あなたに
とらわれ、
征服されている。
ゆえに眠りの内にあっても
起き上がり

かく燃え立つ炎の中に
飛び込んで
自分の発する
叫び声で
あわや
死んでしまうほど。
あなたがいる場所を訪れることがないよう、
［……］
［……］
あなたと楽しみ
常のごとく
歓びの中にいた
わたしが　あなたに
目撃された時のことを
思い出すに至って。
わたしには　自分にとっての歓びと同じく
不運な悲嘆《かなしみ》がある。

わたしの人生はひどいもの
あなたに　お会いできないなんて。
歌って「生きていたが」
いまや　想いに耽って生きていて
人という人を避け
わが身を隠す場所を常に求め
わたしは逃れゆく。
そのために　わたしの心は溢れ出す
眼から外へと　こぼれ落ちる、
あたかも溶けた純金のように
ゆるやかに溢れ出す。

さあ、お答え願う、ご返答を。
「あなたは　わたしのために苦しみを耐えていらっしゃるのか」
「心の中でわたしの苦しみについて　悲しくも思ってくれよう、
あなたは離れた場所にいる
至高の女《ひと》、心の近くにいることを
もし思い出して下されば。」

VI　行き過ぎた愛

愛に駆り立てられた熱い想いがしばしば
わたしの魂を支配するや
恐ろしくなり　途方に暮れる。
最も高貴なる女《ひと》よ、わたしには分からない
あなたについて　口をつぐむか　何かを言うべきか。
あなたが不快になるのではないかと　大いに心配するゆえ。
というのも　黙ったままならば後悔して生きることになろうと、
愛は　これから起こりうることについて
わたしに宣告してくるからだ。
「気をつけろ」と言われても
多くのひとに起こりうる不運を
わたしも被るかもしれない。

もしそれを口にすれば　あなたを不快にさせはしまいかと
わたしは更に恐れる。至醇の婦人よ、

あなたに奉仕しようとわたしは懸命に努める。
というのもわたしたちの間にある信頼の情のために、
われわれ二人は心を一にしているのだから。
わたしを導く〈愛の神〉がわたしを恐れさせる。
あなたが　わたしの不安に想いをかけてくれれば
一層わたしを愛するようになるだろう。
なぜならわたしの恐れは
愛からのみ起こりうるのだから。
恐れることのない者は深く愛せはしまい、
そのすべての恐れは嫉妬に起因する。

わたしの嫉妬は　愛が原因、
かくも強くわたしを締め付ける。
というのも〈愛の神〉は恐れにみちた存在《もの》だから。
手元にあるものを　深く愛する者は
それがために　苦しみに生きるのだ。
万が一にも　愛するひとを失ってしまわぬかと恐れているから。
だからわたしが慈しみの心《ピエタンツァ》と赦しの心《ペルドナンツァ》を

見いだすのは正しきこと。
だって　あなたについて話し過ぎたとしても
話しているのは　このわたしではないのだから。
〈愛の神〉は　弁立つ者の口をつぐませ
さらには　唖をもしゃべらせる。

だから　わたしが黙っていることを〈愛の神〉が望まれぬのならば
不快に思っていただきたくない、
よし〈愛の神〉がおかしな考えにあったとしても。
貴婦人《ドンナ》よ、あなたから受けた満ち足りた気持ちこそ
わたしを楽しませる歓び。
けれども　それはわたしを疲弊《つかれ》させるよう。
だが　わたしはその充足感は欲しくはなかった
別の場所へ赴こうとしていたゆえに。
出立せねばならぬのだ。
ああ貴婦人よ、あなたから得た歓びを
もうそれを　かく完全なものとして手に入れられる見込みはない。

そのために　全き歓びを手に入れ
目にし続けられたらと願う。
それは、そこからわたしが恐れることが　起こりはしないかと
わたしが落胆すべきものが生まれでるからだ。
（口にするのも憚られるが）
このことについて　もはやわたしは僅かばかりも安堵できない。
だが　行き過ぎた愛が原因《もと》で
わたしは想いの内に気も狂わんばかりなのは、
あなたに、美しき女《かた》よ、
わたしが破滅しないように　希望を抱いているのだから。
あなたからの報いを得たごとく
あらゆる非難より　わたしを救いたまえ。

VII　片想い

長い間、愛をあたためてきて、
おお　気高き貴婦人よ、あなたに
見合うような光栄に浴すときを

目にしたいと望む。
驚くべき方法で
自分の価値をお見せ
できるよう努力しよう
わたしの愛があなたの気にいるようにと。
お気の召すままに　わたしは奉仕しよう
あらゆる歓びが存在するその場所で。
さらにわたしのことばを
自分の気持ちと合わせようと思う。
わたしのことばを理解してもらうことで
わが心が耐えて苦しんでいる様子をご覧になれよう。

貴婦人よ、わたしの心は苦しんではいない
あなたと愛することにおいては。
反対に　あなたを想うことで
愛に満ちた想いが　わたしに歓びを与えてくれる。
あなたの愛はわたしを喜んで
受け入れてくれるようだ。

そして甘美な期待のために
その視線すらわたしに対して横柄であるように思える。
しかし　わたしがあなたを想っていることを
あなたがご存知なのかを、実のところ
自分で知らないことに気落ちしてしまう。
そのために苦しんでいるのだ、
わたしがあなたという人に対して擁く愛の
百分の一も言い表すことはできないから。

あなたへの愛を　もし
完全に言い表すことができずとも、
あることばが　わたしを勇気づける。
つまり、ひとつの果物のために果樹園全体が気に入る、[5] ということ。
だから　よい慰みがあれば
深い悲しみは消え、
歓びへと立ち戻る。
そんな望みがあるから、わたしは心配しない。
そしてもし　わたしの無作法な振る舞いをご覧になったとしても

さあよろしいですか、
誇り高いゆえに　あなたは全く美しい、
自尊心《ほこり》は歓びの代わりにはならないことを
よくお分かりでしょうが、それでもあなたには相応しい
わたしが目にするすべては　あなたにお似合いだ。

わたしがあなたに見るものすべては
美しく思われ、
しかもそれは至高の美しさときている。
別に富も愉しみもいらない
美しい女性も眼に入らない、
あなたの美しさに比しても小さくは
なかろう価値を持っていても。そのために恋に落ちたのだ。
そして仮に［……］わが貴婦人よ、
私たちが相思相愛となるとき、
雪であっても炎と思える、

5　一部のために全てを気に入るようになることの喩え。

昼夜を問わず
常に　わたしが愛している限り。
だが誠実に愛するものは苦しみに暮れる。

あなたにどう思われているのか知らず、
あなたがわたしをどうしようとしているのかも分からない。
わたしの息の根を止めることもできようが
移り気な心ではなく
いつもわたしの唯一かわらぬ心を見つめてほしい
こんなにもあなたに好意を寄せているのだから。
もしあなたの庇護を得られないとすれば
わたしが死ぬのをご覧になろう。
心に触れ、慈悲深い慰みで
両の瞳《まなこ》は愛《アモーレ》のため
歓《フェリチタ》びに　涙し、
あふれる甘き涙で
その美しき面《おもて》を濡らさんことを。

VIII　貴女におくる溜息

わが貴婦人よ　喜んで
溜息を　あなたに送ろう。
長いこと愛していても
あなたの恋人の様子を
どんなに忠実に愛していたかを
あなたに告げることができないだろうから。
けれども　わたしは怖くて　それを
あなたに示すのを躊躇《ためら》っていた。

あなたは　たいそう高貴であるから
いつも恐れつつも　あなたをお慕いしているのだ。
あなたに告げる使者《つかい》として
誰をあなたに　送ったらよいのかだろうか。
だから　わたしは　恋する誰もが皆祈る
〈愛の神〉に請い願う、

わたしの溜息と涙に
あなたの心がちくりと痛むようにと。

きっとわたしは望むだろう
できることならば
わたしのつく溜息ひとつひとつに
魂と精神が宿り、
貴婦人よ　あなたに愛の
憐れみを請い願うことを。
というのも　不安のために
あなたと口をきくこともできないのだから。

貴婦人よ　どうか　わたしの息の根を止めて
苦しみをやわらげてくれたまえ。
あなたに語りかけるのをわたしが畏れているのを
あなたはご存じなのに
なぜ　絶えず慰めるために、
誰かをわたしに送って下さらないのか

恋するわたしが　あなたの愛に
望みを失うことのないように。
あなたの　美しい顔《かんばせ》は
あなたに　わたしが憐れみを乞うとき、
ひどく　わたしを急き立てる
いま愛している以上に　あなたを愛せよと。
わたしは　これ以上　深くあなたを
きっと愛することはできやしない、
更に苦しむことがあったとしても、
わが貴婦人《きみ》よ。

わたしは大いなる歓びにつつまれていた、
貴婦人よ、鏾にあなたの周囲《まわり》と
あなたの美しさを
描いたあの日に。
あなたは　美髪のイゾルデより
わたしにはより美しく思える
他の誰よりも

愛に満ちた陽気なあなた。
わたしはあなたのものと、よろしければ
お知りおきください、
貴婦人よ　わたしが名を
自分で　口にせずとも。
あなたの愛のために　わたしは生まれた
レンティーニ家に生を受けたのだ。
あなたにこの身を委ねたのだから
わたしは非の打ちどころなき者とならねば。

IX　心におもう貴婦人の姿《フィグーラ》

わたしが悲嘆に暮れようと　驚くに価はしない
溜息をつこうが　嘆こうが。
遠く離れた愛がわたしをとらえる
わたしは痛々しい苦しみを感じ
美しい顔を見ることから
離れてしまったことを思いつつ

その美しい顔のせいで　わたしは悶え苦しむ。

近くで顔を合わせるのは
喜ばしいこと、
離れていれば
その逆を味わうことになる。
会っていれば　喜びを得られようもの
あの女《ひと》に会えぬ今　不安に苛まれる
（悲しみは）わたしをしかと捉え　手放すことはない。

優しきわが貴《き》婦人《み》に
わが心を　残しおく。
あんなにも優しき連れから
離れているのは苦しい。
わが貴《き》婦人《み》とともにあるは　わが心、
わたしの胸より　飛びいでて
あの女《ひと》の支配下にある　わが心。

わたしは気落ちし　しばしば悲しみに暮れる
かくも大きな幸運にある
わが美しき貴婦人とともにある
心を想うと。
もう嫌だ　こんな状況は辟易だ。
というのも　あの女《ひと》と共にいることも
その姿《フィグーラ》を目にすることもできないのだから。

しばしば気落ちし　悲嘆に暮れると
歓びはわたしから　去りゆく
たえず　じっと心にみつめる
あの女《ひと》の美しい姿
美しい顔　優美な様子を
また　洗練された話しぶりを、
瞳を、ああ、黄金《こがね》に輝く三つ編みを。

X　忠実なわたしへの報い

あなたにとって慈悲のこころも　わが貴婦人《きみ》への奉仕も
むだなことゆえ　その女《ひと》に期待もし
その女を　誠実に愛しもするが
どうすればよいのか知る由もない。
もしあの女《ひと》が憐れみをかけてくれなければ
もうよほど死んでしまいたい。
なぜかわたしに対して彼女の気分はかわってしまった
だから　わたしは苦しみ　ひどく不安で
多くの苦しみに耐えているのだ。

あの女《ひと》の歓びのために　わたしは耐え
真心こめて誠実に
彼女に恭しく仕えよう。
他の婦人《おんな》から歓びをもらうよりは、
むしろ彼女から苦悩を得たいくらいなもの。

それほどわたしはあの女《ひと》に忠実なのだ。
わたしは彼女の好意に応えようと燃え立ち
彼女を想うことを　決してやめたりしない
いつも求める　あの女《ひと》のことを。

いつも求めているが　いまやわたしは息絶えなん
美しく愛らしいあの女がわたしのことなど
忘れてしまったのではないかと考えると。
罪もないのに　わたしたちの愛を切り離したりして
わたしを罰しないでおくれ、
彼女は抜け目ないゆえに。
わたしは不安になり　安らぎなどえられない
彼女は　わたしを助けるどころか苦しめる、
わたしとの　あらゆる約束を反古にするゆえ。

彼女はわたしを受け入れてくれると約束をした
思い出に、歓びをわたしにくれるとも。
それがわたしには嬉しかった。

だが　つれなくも　わたしからそれを引き離した
彼女は言う、わたしが他の婦人《おんな》に気があって、
そのこと分かっているでしょうと。
わたしの心はそんな思い違いを認めはしないし、
わたしの命ある限り、他の婦人にのりかえたりして
不誠実であろうとも思わない。

わたしは信じない、どんな女性も
わたしの心を　わが貴婦人の所有から　引き離すことができようとは、
いかにその女性が美しかろうとも、
その女性のために　わたしは
価値と美しさの優るあの女《ひと》に忠実でなくなるなどとは思わない。
あの女《ひと》は　しばしば　わたしの心を
溢れる愛の想いで　満たしてくれる。
心は安まることはない　何度もあの女はわたしの心を
笑み浮かぶ眼差しで　突き刺すのだから。

XI　甘い恋のはじまり

甘い恋のはじまりを
わたしは歌う、
最も優雅であるとわたしが思う貴婦人に、
アグリからメッシーナに至るまで
一番美しい女《ひと》に。
「おお、輝ける星よ、
夜明けに空へと昇る星よ！」
わたしの前にあらわれると、
あなたの甘美な容顔《ようす》が
わたしの心に火をつける。

「優しいお方、あなたが燃えたっているのなら
いまわたしは何をすれば良いのでしょう。
あなたご自身、わたしをお責めになるでしょう、
あなたがわたしに恋するよう仕向けたとか、

外には見えないように
あなたはわたしの心に深手を負わしたなんて、
わたしが吹聴するのを目にすれば。
覚えていて、
あなたの腕に抱《いだ》かれて
甘い口づけしたときのことを。」

わたしは　口づけをしながら
深い歓びの中にいた、
自分を愛してくれ、
金髪で、きらめくのあの女性と共にいて。
彼女は率直にわたしに語り
わたしに隠すことはなかった
彼女のすべての立場《おもい》を。
そしてこう言った「あなたを愛しましょう、
裏切ることはいたしません、
わたしの命ある限り。

愛するひとよ、わたしが生きている間
あなたを裏切るようなことはすまい、
裏切りについて語る
誹謗家がいても。
きっと　わたしはあなたを愛しましょう
そんなひどい男がいても。
神よ、その彼に病を与えたまえ、
五月にそのような人がやって来ませんように。
そんなのは夏でも寒がるような
性質《たち》の悪い人ですから。」

XII　ヤコポ・モスタッチとピエール・デッラ・ヴィーニャとのテンツォーネ

i　愛とは何か（ヤコポ・モスタッチ）

少しばかりわが知識を駆り立て、
それで　楽しみ興じたいと思うと、
わたしにある疑問が浮かんだので、
解決すべく　あなたのもとへ送ろう。

ひとは言う〈愛〉が支配力を有して、
人の心を愛へ誘うと。
だが、わたしはそれに同意しかねる、
〈愛〉は見えたり姿を現わしたことがないのだから。
　ひとは　歓喜から生まれるであろう
恋心を詩《うた》にして、
人はそれを愛と言いたがる。
　わたしは愛のその他の特性を知らない。
が、その実体を　あなたから聞きたいと願う、
わたしはあなたをその審判者としたいので。

ii　人の心を支配する愛とは（ピエール・デッラ・ヴィーニャ）

〈愛〉は目に見えないし、
身体《からだ》に触れることもできずに、
多くの人びとは愛を余りに突飛に考えているので、
彼らは〈愛〉などないと信じている。
しかし、〈愛〉は感じられて、
人びとの心を深く支配するからには、

〈愛〉とは実際に見えるより、
さらに大きな価値を持っているはず。
　その磁力によって、
鉄が引き寄せられるのを見ることはできないが、
しかし　まことに強力に引きつける。
　そして、わたしはこれを〈愛〉の本質であると
信じるに到り、わたしは確信した、
〈愛〉はつねに人びとに　信じられていることを。

iii　愛は目から生まれ（ジャコモ・ダ・レンティーニ）

〈愛〉とはあり余る大いなる歓喜ゆえに、
心から迸りでる情欲である。
そして　眼が先ず愛を芽生えさせて、
心は愛に滋養を与える。
たしかに、時に人は恋する女《ひと》を見ずに、
愛する男《もの》となるが、
激情で心を締めつけるその愛は
眼が見たことで生まれ出た。

眼は　良いも悪いも見たもの
すべてを　心へ生々しく映し出す、
自然に眼に映った形そのままに。
　心はこれを受け入れると、
その姿を思い描いて　情欲《おもい》を楽しむ。
こうして、愛は人びとに行きわたる。

XIII　あなたから離れて

　百合は　摘み取られるそばから萎れてしまう
その生来の性質が　百合から引き離されるがゆえ。
わたしもまた　あなたから一歩でも離れると
貴婦人よ　全身の節々が痛むほど。
愛〈の議論〉については　他の恋する者たちをわたしは凌いでおり、
わたしの心は　大いなる高みへと至る。
鷲が餌食に　ありつくときのように
〈愛の神〉は行く先々でわたしのことを傷つける。
ああ悲しい　あなた以外の女《ひと》を愛せない運《ほし》の下に

生まれるなんて、最も高貴な女《ひと》よ、
そのことを　しかとご承知おきください。
　あなたを目にするや否や　わたしは傷つき
あなたに奉仕し　皆の前であなたを讃えた。
麗しの女《ひと》よ、あなたから　わたしの心が離れることはない。

XIV〈愛〉の火焔《ほむら》

　太陽は　光を放ち
硝子をこわすことなく　通りぬけてゆく。
また　ご婦人方を映し出す別の鏡は　目を通して
逆方向に　反射する。
まさにそのように〈愛の神〉はある場所を傷つけ
自分の所から　弓矢をあなたに放つ。
そして　思いがけぬ場所を傷つける、
目を過ぎ行き　心をずたずたにする。
　〈愛の神〉の矢は　そこに至って
傷をつけると　火炎《ほのお》がおこり

内側を焼き焦がしはするが　外には見えぬ。
　その矢は　ふたつの心を　今やひとつに結びつけ
愛についての作法《アルテ》を説き
一方の心と　もう片方の心とに　等しき愛を与う。

XV　貴婦人の像《フィグーラ》

ああ　どうしたらこんなに偉大《おおき》な女性《ひと》が　かくも小さな
わたしの眼を通して　入り来たれようか。
どこへ行くにも　彼女のことを心のうちに置いているが
どうやって　わたしの心に　居続けられるのか。
その女《ひと》の入り込んだ場所は　すでに見えず
わたしは　大いに肝をつぶす。
だが　わたしは彼女を光にたとえ
同様に　わたしの両の眼《まなこ》を　火を灯す火舎《おおい》にたとえよう。
　閉じ込められた火は　火舎をこわすことなく
その光を　外へと通す。
そのように　目を通り抜け　わたしの心に辿りつくのは

人そのものではなく　その像《フィグーラ》。
愛によって　わたしは新たに生まれかわることを望み、
その女《ひと》の印を肌身離さずにいる。

XVI　恋患い

恋するものはみな　病を
外にはみえぬよう心に宿している。
だが　苦しむ様子でそれとは分からぬよう
わたしは病を隠しておけない。
わたしは他のお方に仕えており
勝手なまねはできかねる、
あの女《ひと》が望まれることを除いては。
というのも彼女こそ　わたしに生と死を与え得るのだから。
心も彼女《あのひと》のもの、わたしの何もかも彼女のもの。
その心の助言に耳をかさぬものは
あるべき様には　世間では生きられぬ。
自分では何もできないのだ、

かの女《ひと》が　わたしの外側にあり
わたしの内に未だ　わずかの力《スピリト》が存する限り。

XVII　婦人の体面

恋するものは各々の　また恋をしているご婦人の
名誉を大切に思うべし
辛抱のきかぬものは　愚かなるかな
ひとは本来の性質を押さえつけておかねばならず
心中にあるものごとを　口にすべきでない故に。
それ　ことばは後戻りはできぬのだから。
ことば遣いに　分別あるものは
皆から　高き人と思われる。
それゆえ　わが婦人よ　あなたにお会いする折に
自分の想いを　表に出さぬようにしている。
ひとはわざわざ　口悪く言ったりする。
だから　あなたが誹りを受けぬようにしたいもの、
良きことよりも　悪しきことを

時にひとは　口にしたくなるもの。

XVIII　〈愛〉の二面性について

晴天に　雨が降るのを目にした、
闇に光差し
焼けつく炎は　氷となり
冷たい雪は　熱を放ち
甘いものは　苦みにかわり
苦いものが　甘くなり、
敵対するふたりは　和合し
二者の友愛に　波乱が生ずることをも。
　だが〈愛の神〉による　世にも不思議なさまを目にした
わたしは傷ついていたが　〈愛の神〉は傷つけつつも　わたしを癒したのだ。
〈愛の神〉がわたしに与えし生命は　わたしにとっての死となり、
　〈愛の神〉が鎮めた炎で　今度はわたしが燃えている。
というのも〈愛の神〉は　わたしを愛から引き離し
わたしを彼《アモール》の座にすえたのだから。

XIX 〈愛の神《アモール》〉への奉仕

　わたしは神に仕えんと心にきめた
天国に入ることができるようにと。
その聖なる場所は　愉しみ、歓び、笑い声に満ちていると
人々の口に　のぼるのを耳にした。
だが、わが貴婦人がいなくては　そこへ行こうとは思わない、
その女《ひと》の髪は金色、顔《おもて》は透き通る白。
その女がいなければ　離ればなれとなり、
わたしは元気でいられそうにはないから。
　だが　わたしは斯様なことを
罪を犯そうとの意図から言うのではない。
ただ　わたしは見たいだけなのだ　彼女の堂々たる振る舞いを
　美しい容顔を　優しい眼差しを。
あの女《かた》が　天の栄光に立つのを目にすれば
わたしにとり　大きな慰めとなろう。

XX　尊大《つれな》さをくだく涙

かくも貴き愛が　わが心に取り憑き
わたしは自らした決心への自信がゆらぐ
鶴を狩る鷲に恋をしてしまったことは
確かに向こう見ずではあるが　過ちではない
〈愛の神〉は鷲を追い立て　芳しい花を守るものだから
立派な樹木が穏やかな風にたわみ
恭しい想いは涙で
ダイヤをも常にくだくもの。
　だから　貴婦人よ　目から零れる雫《なみだ》で
硬いダイヤが　砕かれるのならば、
溢れんばかりの　わが愛深き労苦《おもい》は
　あなたの尊大《つれな》さをも　弱められよう。
あなたの頑さをやわらげ
貴婦人よ　あなたの愛の炎を燃え立たせもできよう。

XXI　心は不死鳥がごとくに

　炎の中に羽ばたきゆくを
いとわぬ蝶のように
気高き婦人《ひと》よ、あなたはわたしを変えた。
わたしが焼け焦げてしまっても　気になさるな。
あなたに近づいてゆくにつれ、
あなたの眩しい様子を念《おも》えば　わたしの気持ちは落ち着き、
まるでわたしは子どものように　焼けつく熱さを忘れてしまう。
けれども　どこにも歓びなど見いだせなかった。
　心が強く望むものは心のなかにはないが、
優しく甘い炎のなか　心は焼け死に
不死鳥のごとく　その命は尽きる。
　そののち　愛は自然に従い　心を呼び戻し
炎をおこす美しさは
不死鳥がごとく　心に生命《いのち》を取り戻す。

XXII　火を見たことのない者は

　火を見たことのない者は
火傷するとはつゆおもわぬ、
それを目にすると　その輝きが
かえって戯れや気晴らしに思えよう。
だが仮に　どこかに触れたならば
大変な火傷をしようもの。
〈愛の神〉の火が　わたしに少しばかり触れただけで
わたしを大いに火傷《きず》つける。神よ、炎《ひ》をおこし給え。
　わが貴婦人よ　あなたに火が付いたならば
愛の慰めを与える素振りを見せてはくれるが
その実　あなたはわたしに絶えず心痛や苦悩を与える。
　確かに〈愛の神〉は全く無礼をはたらくもの
わたしをからかう君を縛めつけもせず、
忠実に仕えるわたしに対しても　歓びを与えてはくれぬ。

XXIII　貴婦人の優しき特性

金剛石《ダイヤモンド》は　エメラルドでもサファイアでも
いかなる他の高価な宝石でも
トパーズでも　ヒヤシンスでも　ルビーでも
かくも強いヘリオトロープ[6]でも
またアメジストでも　完璧なざくろ石でもなく
それはとても輝くものであるが、
その支配力のうちに　美しさを持ち合わせていない、
わが愛すべき貴婦人ご本人ほどには。
　徳性は　他の誰よりも優れ
輝きは　太陽がごとく。
優雅で喜びに満ちた愛情を持ち、
　薔薇や他の花などよりも　美しい。
キリストが彼女に生命《いのち》と　陽気さを与えんことを

6　ブラッドストーンとも。濃い緑色かつ半透明の玉髄で、赤い斑点がある。

また　彼女の誉れと誇りが増大せんことを。

XXIV　真の友情について

　誠実な良き友がいるならば
礼節を持って　丁重に彼を繋ぎ止めておかねばならず
物惜しみをしたり　二心もて付き合ってはならぬ
そんなことをしたら当然　離れて行ってしまうから。
友情を維持することができないのであれば
友を持つことに　余り価値はない。
だから良きにつけ悪しきにつけ　友情を知り
与えたり受け取ったり　それを知る喜びを得なくてはならない。
　ところで多くのひとは　友情が持続していると信じているが
慇懃に他人《ひと》を搾取するためだけで、
思っていることをすべて表にだすことはない。
　他人《ひと》の財布《かね》を使ってやろうと思っている者には
実に　全くもって良識が欠けているのだ。
だから　そんな奴に耐えられる者など　この世にはいない。

ルッジェーリ・ダミーチ　Ruggeri d'Amici

シチリア東部において一二三九年十月十日より一二四〇年五月三日まで裁判官をつとめる。一二四一年九月からは神聖ローマ帝国軍隊長であった。バジリカータからメッシーナのストレットまでをその範囲とし、またシチリア全域を含む。カラブリアではチェルキアーラの男爵領地、スベリートの封土、オルデオロおよびカサル・ガラートにおける封土財産の所有者であった。一二四〇年の初冬、フェデリコ二世より難務を与えられ、エジプトに大使として赴き、十年休戦延長のためにアル＝カミルに署名を求めた。ダミーチはスルタンの費用で一二四一年の春までエジプトに留まった。一二四六年にはフェデリコ二世に対するカパッチョの謀反に加担し、死によってその代償を支払った。

XXV　気紛れな〈愛の神〉は

〈愛の神〉はしばしば　多くの人びとを仕合わせにした、
彼らは　愛する貴婦人《ひと》たちに忠実に仕えもせず、
愛の恩恵すら知らずして、

自らは恋人たちに忠実であるというけれど。
彼らは〈愛の神〉を貶めるのを知らない、
愛によって　この世は進化するのに。
だが、わが境遇を秘密に伏そうとすれば、
その意に反して
忘恩の責めを負おう。
もし真実を語りたければ、
わたしは〈愛の神〉に　いとも高く導かれて、
天に近い高処《たかみ》へと　昇った気分でいます。

そして、いかなる歓びより尊いと思える、
真に稔りある贈物を　〈愛の神〉は恵んでくれ、
わたしは歓喜のなかに　つねに暮らしています。
〈愛の神〉は恋人らの間で　わたしをいと高き座にすえて、
わたしの奉仕に優るほど　報いてくれました。
かかる贈物こそ　秘匿《ひとく》されてはならない。
ゆえに、わたしは見えて、よく分かるのです、
〈愛の神〉が　あらゆるわが希望を

わたしのため　満たしてくれて、
想像もしない　より豊かな歓びを
恵んでくれたことを。
わたしはそれを誇りに思いたい。

わたしは　どんな恋人よりも幸せと思う。
寛大さと歓びが　迸り出るような
ご主人に　仕えてきたのだから。
よって　後ろを振り返らずに、さらに前進しよう、
わが主人を　つねに喜ばせるためにも。
彼こそが　わたしを支配する〈愛の神〉であり、
わたしを見捨てずに　陽気で幸せにしてくれる。
誠実に奉仕するため、
わが貴婦人は　わたしが
力のかぎり　仕えるのを願って、
わたしが善行を　怠るのを望まない。
ゆえに　わたしは彼女を一刻《とき》も忘れない。

わたしは彼女を忘れない、彼女はわが心を捉えているから、
わたしは彼女と決して離れられない、
わたしは生命《いのち》なき身体《からだ》であるから。
〈愛の神〉は　すべての貴婦人らの
花であり、その美しさに一点の曇りない
貴婦人に　わたしを捧げてくれたのだから。
わたしはいつも彼女に　忠実に仕えてきたし、
彼女が望み　心嬉しく思う
ことは何ごとにおいても、
わたしは　さらに真剣に仕えたいと思う。
これらの恋人らの間で　わたしは断言しよう、
完全なる全幅の愛で　彼女を愛することを。

XXVI　愛の深き苦悩

わが心は　これまで
深き苦悩の中にあった、
わが優しき婦人よ、あなたのために

昼夜を分かたず　苦しんでいた、
このようにどっちつかずのまま
期待を抱きながら死んでしまうだろう
そして　苦しみは　わが命を奪うだろう。
わたしたちの愛について、
わたしに与えてくれた慰めと
各々の良きことを追想していたが、
心では深い苦しみを味わっている。

わが優しき十全なる婦人《ひと》よ、
あなたから　離れているのは
わたしにとってはむごい苦しみ。
とても優しく
大胆にもわたしに歓びをお与えになる
麗しき婦人よ、あなたと共にいても、
そのためわたしは慰みを決して望みはしないし、
得られもしまい。
美しき婦人よ、もしわたしがあなたに過ちを犯せば

どんなことが起ころうとも
大いなる苦しみも十分にありえよう。

ねえ、あなたゆえの心痛《いたみ》で
わたしは苦しむ、
わたしの離別の苦しみを考えてみると。
わたしたちで共に獲得した
歓びを思うと、
わたしの心は憂鬱になる。
麗しき婦人《ひと》よ、あなたのところにわたしが舞い戻ったあとで
〈愛の神〉はわたしが楽しそうにしているのをお望みだ。
ああ、わたしにはその日が見える、
あなたの優しさを感じ、
わが心が平安を取り戻すその日が。

わが歓びに満ちた小歌《うた》よ、
〈愛の神〉の定めし幸いのために
シチリア王国の

幸いなる者のもとへ赴け、
そして　もし尋ねられれば告げよ、
かの女《ひと》のために　わたしは苦しみを耐えていると、
さらに　彼女の愛なくしては
大いなる富を持っても
その価値もなければ
満足することもなかろうと。
〈愛の神〉がわたしを捉えて、
わが苦しみは語り尽くせぬほどにも。

トンマーゾ・ディ・サッソ　Tommaso di Sasso

メッシーナの人であるということ以外、この詩人の出自については何も知られていない。複数の写本に「メッシーナのトンマーゾ・ディ・サッソ」《Tomaso di Sasso di Mes[s]ina》と朱書きされていることからわかる。そして一二六〇から七〇年ごろに《Saxus》あるいは《de Saxo》（-ss- の綴りもあり）という家名がこの街メッシーナに存在していたこともわかっている。ヴァティカン写本におけるトンマーゾの「高い」地位はシチリア派のなかで代表的な人物として位置づけられよう。トンマーゾの二篇のカンツォーネにはレンティーニ的雰囲気が漂う。

XXVII　愛あふれる視線

あの女《ひと》の愛あふれる　その視線で
わたしは悟る
いかに長いこと　わたしが
その愛らしい女《ひと》のことを想っていたかを。
しばしば　彼女が与えてくれた

歓びに満ちた気持ちについて、
口をつぐんでいることはできまい。
彼女には　わたしは幸せそうに映る。
おかげで　慰めを得たが、
わたしをすぐに受け入れてくれるなら、
彼女に慈悲《あわれみ》を請おう
わたしが死ぬことがないよう、
彼女の侮りに満ちた表情が
憐れんで　わたしに優しい面《おもて》を見せてくれるようにと。

「〈愛の神〉の深き慈悲が
わたしの心に触れた」
わたしの思うところでは
深く求める心で　愛の奉仕者への
優しき恋心を　〈愛の神〉は彼女に想いおこさせた。
わたしは不運を耐え、
不安のために　一度たりとも離れたことはない。
だが　仮に彼女がそれを思い出し、

あの愛あふれる視線を向けてくれたとしても
他の何者も　彼の女《あひと》を憐れみ深くさせはしなかった。
ただ　彼女の言いつけ通り
わが身を彼女に捧げ、
苦悩に満ちた人生を耐えた。

自然があなたをこれほどまでに
他の女性よりも　高みにおいたとしても、
よく憶えておかなければならない
悪しき行いは　余りにも大きな罪だということを。
男の命を奪うような女は
ひどく無慈悲な人間《もの》。
彼女には道理を　わきまえてもらわねばなるまい。
その過ちを正すのは　誰にも出来ぬことゆえに。
けれど　あなたがわたしに希望を与えるほど
わたしの息の根は止まる。
のち　わたしに何もして下さらないのなら
わたしの近くにきて、

涙を流し、神がわたしを赦すよう
どうぞ祈っていただきたい。

麗しの女《ひと》よ、あなたの自尊心《むごさ》という
大きなうぬぼれのせいで
わたしは何度も至高の愛から
失意の底まで経験した。
あなたの美しさから
常々得ているものについて
〈愛の神〉が慈悲深き明るき心もて
私の確信を一層強めてくれますように。
わたしを見事に打ち負かし
その苦痛の中にわたしを陥れたりして
わたしにこれ以上つらくおあたり下さるな。
というのも　人は
希望《のぞみ》を失えば
愛することが怖くなるものだから。

XXVIII

〈愛の神〉のなすがままに

愛の地より
わたしに溜息と甘き涙をよこした〈愛の神〉
そは　ある婦人《おんな》を愛するようわたしに認めた。
〈愛の神〉は一瞬《ひととき》たりとも
わが溜息を止めてはくれぬ、
神よ、何と無謀な性質《たち》を〈愛の神〉はわたしに与えたことよ！
わたしは想い悩むほか
何をしてよいか分からぬ、悩まぬようにするほどに
安らぎを得られなくなる
長いこと　ほかのことを考えるなど
このかた　わたしの心から　抜けていた
寝ても醒めても、あなたへの愛を感じているから。

感じる愛の大きさゆえ
婦人《マドンナ》よ、他の［……］が手につかない。

愛しすぎて　気も狂わんばかりだ。
わたしを　がんじがらめにする
〈愛の神〉とは何たるかを
思いながら命果てる。
それを理解する者をわたしは知らず、苦痛に命も尽きてしまう。
名もなき残忍で凄まじい苦しみは
死に酷似している、またそれから回復することもなかろう。
だから　わたしは口に出して言いたい
いかに〈愛の神〉がわたしに苦痛を与えたかを。
おそらく　わが悲痛な叫びのために　苦しめるのをやめてくれよう。

〈愛の神〉はわたしを慎ましくし、
また　傲慢にもし、陰鬱にも、愉快にもさせ、
わたしの望みにより　恋する者《アマンテ》にもさせる、たとえ〈愛の神〉を否定していても。
〈愛の神〉は傷つけつつも癒すのだ
〈愛の神〉は嵐の海を
力強く漕ぎすすむが、穏やかな海にあって
荒れた海におののく。

愚かなる者どもよ、知りたまえ。恋する者は
望みつづける限り、苦しみの中に生き、望みのものを
うまく得ることを思いながら、一度はつかむ。
歓びが得られると算段するが、〈愛の神〉はひとに苦痛を与える、
嫉妬はひとを悩ませる困りもの。

〈愛の神〉はわたしを裏切り者にし、
［……］に、臆病者に、厚かましい人間にする。
悲しむほどに　わたしは陽気にみえるが、
だからといって　気まぐれなわけではない。
雪が水晶に変われば
当然、溶けてしまうことはない。
このように　愛することをやめないわたしは
雪とそれほど変わらなくなった。
海水も長く留まっていれば塩と化す。
死ぬかと思うほどの　この苦しみと
この耐えがたい病は　わたしの内より生まれいずる。
愛さずにはいられない性質《たち》ゆえに。

わたしが愛しはじめてから　長いこと
愛するのをやめたことは　一度たりとてなかった。
心変わりするには　遅過ぎる目覚め、
というのも　かく燃え立つ炎を
易々と　消すことはできないのだから。
しかし　炎は次第に小さくなってゆくもの。
一体　わたしはどうしたらよいのか。
深く愛することにしよう、ただ　わたしは知りたい
どんな激しい力が　わたしを愛へと駆り立てるのかを。
あまりに恋に打ち悩み　召使いにも姿を見せることのない
主人《あるじ》を褒めるなどということは
わたしには　愚の骨頂にしか思えない。

グィード・デッレ・コロンネ　Guido delle Colonne

グィード・デッレ・コロンネの名前は、V写本の赤字見出し《Guido de le Colonne di Misina》「メッシーナのグィード・デッレ・コロンネ」）に見出される。またダンテの『俗語詩論』にも《Iudex de Columpnis de Messiana》「メッシーナの判事コロンネ」とある。彼の筆になる十五の公証書が現存しており、内七つには自署《Ego Guido de Columpnis iiudex Messane》「我、メッシーナの判事グィード・デッレ・コロンネ」とある。それらは一二四三―一二八〇年までに渡り、それから考えると生年はおそらく一二一〇年頃となる。一般的に、ラテン語散文『トロイア滅亡史』*Historia Destructionis Troiae* の著者であると考えられているが、これに関しては異説もある。また彼は明らかにローマのコロンナ家には属していないが、詩人のオード・デッレ・コロンネとの関係があるかもしれない。

全部で五編のカンツォーネを残しており、そのうち一編については彼の作かどうか疑われている。ダンテはグィードの修辞的才能を高く評価しており、その一例として「恋の氷は炎となって（XXXI）」*Ancor che l'aigua per lo foco lasse* を引用している。

XXIX　愛の苦悩から歓喜へと

恋ゆえに　永く耐え忍んできた
わが大きな苦悩と　つらい不安を
わが貴婦人は　歓びに変えてくれた。
が、身の心痛《いたみ》を思い遣って、彼女は
わたしを　慈悲のなかへ迎え入れて、
不幸に耐え忍んだゆえ　報いてくれた。
過分な仕合わせを　恵んでくれたので、
多くの不幸に耐えたことを、わたしは
忘れてしまい、今や歓喜のうちに生きている。

わたしは仕合わせだ、苦しみに耐えて、
かかる大きな力を　手に入れたのだから、
愛さずにはいられない　わが貴婦人のなかに。
たしかに、わたしは不当に苦しみを責めようとした、
苦悩ゆえに、小さな幸運がさらに膨らみゆくのを

わたしは　経験したのだから。
だが、あまりに忍耐強くないため、
大切なことが　少しずつ水泡に帰してしまう。
愛を願う者こそ　従順でなければならない。

でも　わたしは従順であり、
今も忠実に　仕えてきた、
知恵にまさる　わが女主人に、
わが心を　いたく苦しめたお方に
今や　恋の歓びをいや増すあの淑女《ひと》に。
悩み苦しむことで　わたしは愛の調和を手に入れ、
〈愛の神〉が　わたしに感じさせる歓びは
百倍も　このわたしには心地よいもの、
耐え忍んできた　大きな苦しみゆえに。

わが女主人が　恋の歓びを成就するため
このわたしを　悩み苦しませたなら、
彼女は　わが苦悩と労苦に十分報えてくれたのだ。

彼女が喜ぶゆえに、わたしも嬉しい、
それゆえに、かくも大きな慰めを得たのだから。
彼女はどの恋人よりも　このわたしに栄誉を与えてくれた、
いとも麗しい貴婦人の愛を　わたしは享《う》けたのだから。
麗しい妖姫モルガンが[7]　その貴婦人らのなかにいても、
わが女主人に比較すべくもないであろう。

愛は苦しみを伴わねば　その価値は少なく、
愛を望む人は　苦しみに耐えねばならない。
それゆえ、わが心が高く舞い上がった
その恋の歓びを　人びとに話す勇気がないほど、
かくも大きな幸福《しあわせ》を　わたしは成就したのだ。
恋の苦しみは　その千倍も報われるものだから。
よって　あまりに大きな至福に到るよりも、
小さな幸せを　いく度も味わうがよい。

7　モルガン・ル・フェ：アーサー王の異父姉で、王に悪意を抱いて王妃グィネヴィアと騎士ランスロットの恋を密告する。

人は幸せ過ぎると、分別を喪《うしな》うものゆえ。

XXX　歓びに満ちうたう

歓びに満ち　うたい
愉快に　生きる。
わが婦人《マドンナ》よ、あなたの愛ゆえに
大いなる歓びを　感じているのだから。
かほどに　わたしは　苦しんだので
いまは　休もうと思う。
望みをしかと持てば
目的まで到達するもの。
不機嫌はすべて　歓びに変わり
いつも幸せが　すぐあとに続く。
そのため　大胆な行為に気を良くする。
そして百日にも勝る　一日がくる。
薔薇や花々を遥かにこえる

あなたの瑞々しき顔《かんばせ》、
太陽の輝きよりも眩しく
甘く薫るその口は
より芳しい香りを放つ。
インドに生息するという
豹《パンテーラ》　という名の
猛獣も　もたぬような香りを。
誰よりも愛らしいひとよ、あなたは
わたしから　喉の渇きを奪いし泉のよう。
ために　わたしはあなたに誠実で忠実、
殺し屋が雇い主に忠実であるよりも。

滔々と水をたたえる泉のように
それは一面に広がり
そのようにわが心は歌う。
数多の大いなる歓びが
わが心にはある、
わが貴婦人よ、あなたのお陰でこんなにも。

実にその歓びたるや溢れんばかり
隠しおおせるような場所はない。
小枝にとまる小鳥よりも　わたしは陽気。
もっと優しく歌えもしよう、
他の恋する者たちも決して歌うことのない
優れた至高の愛の作法を。

喜ぼうではないか
真っ先に〈愛の神〉が
あなたを愛するわたしの心を
とらえたことを、至醇の女《ひと》よ。
だが　わたしはもっとあなたを、
思慮深き婦人よ、ぜひ賛美したい。
あなたに尽きることなき歓びを
わが心は感ずる。
というのも　全メッシーナがわがものとても、
あなたなしでは、婦人よ、いくばくかの価値もない。
美しき女《アヴェネンテ》よ、あなたと面《おもて》を合わせていると

ほかの愉しみなど　わたしにとっては　どうでもよくなる。

あなたがこの上なく美しいから
婦人よ、わたしは恋してしまい、
あなたの優美な立ち振る舞いは
わたしを詩人《うたいびと》にしてしまった。
もしわたしが　花弁《はなびら》ひらく
夏について歌っても、
冬について歌うのを
忘れられないことだろう。
かく〈愛の神〉は　歓び満ちたわが心を　摑んでいるゆえ
今や　あなたはわたしの大切な女《ひと》。
慰みや気休めは　なくなることなく、
下僕《しもべ》のごとく、わたしはあなたを崇める。

XXXI　恋は氷の炎となって

たとえ水は　火によって

その素晴らしい冷気を　失おうとも、
その本質は　変わらない、
もしその間に　何か容器が介在しないなら、
むしろ、ほどなくして、
火は　燃え尽きるか、
水は干上がることになろう。
しかし　中間にあるモノにより、双方が耐えしのぐ。
こうして　おお、崇高なる被造物よ、
〈愛の神〉は　燃えるような力を
わが心に　見せ示してくれた。
愛なしでは、わたしは冷水と氷であるから。
だが、〈愛の神〉は　わたしを包む炎を
激しく燃やして、
その炎に呑み込まれそうになった、
至高の貴婦人《ひと》よ、もしあなたが
雪から炎を生む
〈愛の神〉とわたしの間に
いなかったならば。

愛の温もりを感じない人は
雪にも似た人に
喩《たと》えられよう。
生きていても　楽しむ術《すべ》を知らないゆえに。
〈愛の神〉は　激しい霊の熱情で、
目には見えぬが、
溜め息をとおして、
恋する人には　感じ取れるもの。
よって　誉れ高き貴婦人よ、
わたしの深い溜め息のなかに、
あなたは　確信なさるでしょう、
わたしが　すっかり包み込まれた　あの恋の炎のことを。
しかし　わたしは耐え忍ぶことができない、
彼女はわたしをかくも愛の虜《とりこ》としたのだから。
わたしは堅く信じます、
多くの恋人たちが
恋ゆえに　誰もが皆

途方に暮れて　滅び去るのは、
わたしほどに　一途に深く愛さない人ゆえと。

あなたをこよなく愛しているので、
一時間に千回も　わが魂は
疲れ果て　気力が萎《な》えます、
わが貴婦人よ、あなたの美しさを想い起こすと。
わたしが抱く欲望は　わが心を締めつけ、
わが情欲はいや増して、
心は　激しく動揺します、
情欲は　疲れを知らないため。
おお、色鮮やかで白色の
歓喜よ、わが幸せの希望は
このわたしを　生き永らえさせます、
が、わが身は衰えても　死ぬことはできない、
あなたが生きているかぎり、
たとえ　飢えと渇きが
わが身を苛もうとも、

わたしは　死ぬことができないゆえ。
あなたの華やいだ容姿《すがた》を
思い浮かべるだけでも、
死を忘れる力を与えてくれます。

わたしは　内に秘めたる魂が
往昔《むかし》の魂とは　信じられない、
わたしは既に死に絶えていたであろう、
長い間　多くの苦しみに耐えてきたため。
わたしが持ち、わたしを動かす
魂は　わが胸にある
あなたの魂であり、
歓喜と慰安《なぐさめ》のなかで　わたしと共存しています。
今や十分に気づきました、
あなたの傍《そば》に　近づいて、
その清らに輝き　恋情をいざなう
容子《すがた》を見つめると、
その魅力ある　ふたつの眸に

わたしは　圧倒されました、
あなたはその眸で見つめて、
わたしに　愛の魂を芽生えさせ、
こうして　わたしはかつて愛した誰よりも
激しい恋に燃えました、
わたしには　そう思えます。

賢者たちは　教えます、
磁石は鉄を　その磁力で
引き寄せられない、
その間の空気が　同意しなずばと。
たとえ磁石は　石であるが、
他の石は　磁力がないゆえ、
かくも強くは引き寄せられない。
このように　わが貴婦人よ、
〈愛の神〉は気づきました、
あなたの磁力によらずして、
わたしは　引き寄せられないと。

貴婦人は沢山いますが、
あなただけが　このわたしを動かせる
唯ひとりの淑女《ひと》です、麗しきお方よ、
あなたにこそ　力と美徳が
厳然と存在します。
ゆえに　わたしは〈愛の神〉に助けを冀《こいねが》います。

オード・デッレ・コロンネ　Odo delle Colonne

オード・デッレ・コロンネ（生没年不詳）はおそらくメッシーナ出身でグィード・デッレ・コロンネと何かしらのつながりがあると思われる。一二三八年、一二四一年のローマ元老院に見られるオードと同じ人物であるかどうかは定かではない。カンツォーネ二編が残る。

XXXII　心ない恋の噂が

愛に苦しむ　わが心は
わたしを　陽気に歌わせる。
きっと、わたしが塞ぎ込んだら、
当然にも、
〈愛の神〉は　かかる仕草に馴染ませて、
わが意志をひどく抑え込むので、
あなたの愛の恩恵《めぐみ》を　失うことは
わたしには　とても辛いものです。

彼女の愛の恩恵は
わたしに　喜びを与えてくれたが、
心ない噂が
その希望を　砕いてしまった。
よって、真摯な欲望であるゆえに、
わたしは憔悴し　悩み苦しんでいる。
あまりに長く待ち焦がれて、
わが心は　いたく苛立っている。

この沈痛な心の動揺に、
愛する淑女《ひと》よ、慰めを与えてください、
嫉妬の言葉のため
いかに不愉快で　腹が立とうとも。
そして　忠実な恋人たちに
あなたの慰めを与えてほしい、
あの中傷者らが
それにより　思い止まるように。

そうすれば、彼らは思い止まるでしょう、
あなたは　わたしに命じたのです、
麗しき淑女《ひと》よ、ご存じのように、
わたしが　無関心な顔を装うようにと。
こうして、彼らは思うでしょう、
わたしが　わが愛の歓喜に浴していると、
彼らは口にする偽りの噂話を
信じなくなるのです。

彼らは　わが命の歓びたるあなたゆえに、
わたしに　困惑と苦悩をもたらし、
相も変わらず彼らの慣習《ならい》に従って、
あの厄介な嘘つきの奴らは。
でも、天秤《はかり》の上の黄金のように、
全キリスト教徒の貴婦人たちの花たる
至高の淑女《ひと》よ、あなたに忠誠を誓います、
あなたの恩恵《めぐみ》により　わが心は進化するのです。

リナルド・ダクィーノ　Rinaldo d'Aquino

ダンテも言及しているリナルド・ダクィーノの素性ははっきりしていない。ただ、フェデリコ帝の鷹匠であった可能性がある。聖トマス・アクィナスと同じ家系に属していたとも考えられている。現存する詩はソネット一編とメッシーナの婦人を歌う十数のカンツォーネである。

XXXIII　至純の愛ゆえに

至純の愛ゆえに、わたしは実に心楽しく生き、
その歓喜で　わたしに匹敵する人を
見たことがないほどに。
主人から贔屓《ひいき》を享《う》けて　それを隠そうと願うのは
その臣下はひどい過ちを犯していると思う。
だが、わたしは隠そうとはしまい、
〈愛の神〉が　いとも気高く報いてくれて、
あらゆる叡智と

威徳の華《はな》に
わたしを仕えさせてくれることを。
あの淑女《ひと》こそ　言葉では言い尽くせない
美貌の持ち主である。
〈愛の神〉はわが心を　多くの面で
高めてくれて、わたしは大きな歓びを覚える。

たしかに、わたしは誰よりも大きな歓喜にひたる、
〈愛の神〉が　このわたしをかくも豊かにし、
あのお方を愛することを　嘉されるのだから。
彼女こそそなべての貴婦人らのなかで　最も気高いお方ゆえに、
わたしは　実に素晴らしい贈物を得たのだから、
どんな愛する人より　大きな歓喜を覚えてしかるべきもの。
他のいかなる心も
わが愛する心に敵《かな》う歓びを　持てないのだから。
それゆえ　必ずや、
他人の歓びは　わが歓びには如《し》かずに、
わたしは　恐れはしない

他の愛する人が　あのお方にお仕えして
わが愛と同じく　その至純の愛を
思いのままに　得ることができるとは。

彼はあなたの似姿を持てないでしょう、
あなたはかくも魅惑的な淑女《ひと》ですゆえ。
世間の人びとは　あなたの世評を
大いに高めて、ご自身も最大限に高める術《すべ》を知っている。
愛の美徳は　その価値が色褪せる、
貴婦人が　愛の奉仕者を受け入れていながら、
別の奉仕者をも　迎え入れるときには。
愛の慣《なら》わしでは
一人以上が　貴婦人に受け入れられて
報われることは　望まないから。
なぜなら　他人を騙すことは大きな罪科と、
わたしには　思われるゆえ。
長い間大過なく仕えてきた　愛する人に
その愛の奉仕を　引き裂く女主人こそは、

主人の権威を　濫用するもの。

〈愛の神〉の権威により　わたしは誠実な愛を求めます、
非の打ちどころのない　素晴らしい報酬《むくい》が
このわたしに　十分に与えられるため。
そして　わたしは誇らしく思う、
　わたしが　奉仕したより
なおさらに気高く、
〈愛の神〉が報い始めたことを。
わたしは十分に知っている　やがては報われることを、
わたしが〈愛の神〉に　かくも高められた暁には。
よって　わたしは愛の成就を希望する、
かくも幸先《さいさき》の良い者の義務として。
だが、わたしは信ずる、
わが意志だけでは　手に入らぬことを。
〈愛の神〉の援助がなければ、
わが奉仕にまさる　愛の報酬に与《あずか》ることは叶わない。

XXXIV

〈愛の神〉の悪戯《いたずら》により

耐えがたい苦悩のなかへ
〈愛の神〉は　わたしを陥れたが、
わたしは　かくも気高い花なる淑女《ひと》を
愛することは　いけないとは思わない。
しかし、わたしは　愛が報われないので、
〈愛の神〉は　罪を犯されたのだ、
かかる貴婦人に　わたしの心を奪わせたのだから。
わたしは　希望をもって慰めている、
もし　この愛が前進するなら、
耐える者こそ　愛の成就が待っていると考えて。

ゆえに、わたしは諦めない、
かくも高貴な淑女《ひと》を　愛することを。
わたしは　いつも〈慈悲〉を求めて、
慎ましく　お仕えする、

哀れな男でも　一つの幸運で、
大きな美徳を涵養し　わが身につける
善行を　手に入れることがある。
よって、挫《くじ》けることなく、
わたしは　あらゆる礼節を兼備する
あの貴婦人に　つねにお仕えしよう。

わたしは　わが愛が決して後戻りせずに、
彼女のなかに〈慈悲〉を　見出せるように、
全身全霊でお仕えすることを
堅く誓いを立てた。
せめてこれは　叶えてほしい—
わたしが愛しても、恨むことなくして、
それを大きなわが慰めと思えるようにと。
さながら困った人が、救済を期待して、
小さな善行をも　心より感謝し受け入れる人のように。

彼女の支配下に仕えることは

わたしの大きな喜びであるゆえ、
世のその他いかなる貴婦人の
愛も　求めたいとは思わない。
さながら自分の信念で自らを救い、
自分の掟で、自らの願望を果たす人のように。
わたしには　そう思われる。
彼女がわたしを慰めなければ、
わたしは決して救われるとは思えない。

XXXV
異国へと旅たつ恋人へ

わたしは　慰めもなく、
陽気に楽しむことも　望めない。
船は港に　着いて
今や　出帆しようとしている。
いと高貴なる人が
海の彼方の異国へと　立ち去ろうとして、
わたしは　ああ!　悲嘆に暮れている、

わたしは　どうすれば良いのかしら？
彼《か》の人は　異国へと旅立ってゆく
それを告げる言葉を　わたしに送ることすらなく、
よって　わたしは　騙されてひとり取り残される。
夜となく昼となく
わたしを　ひどく苛《さいな》む溜め息は
しきりに　襲いきて、
天にも地にも
わたしは　存在してないかに思える。

聖なる、聖なる、聖なる神よ、
聖処女マリアより　お生まれになった
御身《おんみ》こそが　わたしの愛を救いお守りくださいい、
御身こそが　彼《か》の人と別離させたのですから。
おお、いとも畏れ多くして
高貴なる御力《みちから》よ、
わたしの甘美なる愛が

御身に委ねられますように！

十字架は人びとを　救うけれども、
このわたしを　迷わせる。
十字架は　わたしを悲嘆に暮れさせ、
神に祈るも　わたしには詮《せん》なきこと。
おお、巡礼者らの十字架よ、
何故《なにゆえ》にこのわたしを　かくも打ち砕くのですか？
ああ、なんと不幸な女《ひと》よ、
わたしは　愛の炎に燃えて　身も心も焼きつくす！

皇帝は全世界を
平和のうちに　治めるが、
わたしには　戦いを挑まれる、
わが希望を　奪い去ったのですから。
おお、いとも畏れ多く
高貴なる御力《みちから》よ、
わたしの甘美なる愛が

御身《おんみ》に委ねられますように！

彼《か》の人が十字軍に参戦したとき、
たしかに、わたしは思いもしなかった、
彼の人は　わたしをこよなく愛して、
わたしも　負けずに愛していたので、
わたしは　いたく打ち砕かれて、
今や囚人の身となって
わたしは一生涯ずっと
世を忍んでいます！

船団は　出帆して、
恙《つつが》なく　進みゆきますように、
わが恋も　船団と
かの地に向かう人びとと　共にありますように！
おお、御父よ、造物主よ、
彼らを港まで　導きたまえ、
彼らは　聖なる十字架に

仕えるため　出帆するのですから。
されば　お願いです、ドゥチェットよ、[8]
わたしの苦悩を思い知る　あなたが
一篇の詩《うた》を　わたしのために詠《うた》って、
シリアの地まで　送ってほしいの。
わたしは　日も夜も
安らぎを覚えることがないのです―
海の彼方の　遥かなる地にこそ
わたしの生命《いのち》は　あるのですから。

XXXVI　恋の季節

花や葉が
牧場に小川に
見えるいま、

8　恋人の名前

小鳥は繁る葉のなか
小鳥らしくうたいつつ
喜び　はしゃぐ。
突如としてやって来た春―
かように瑞々しく葉の出ずる春に
鳥はみな　とびきり楽しもうと誘う。

わたしに　愛するよう勧める
花の香りと
鳥のさえずりが。
朝になれば
甘美な愛と
できたばかりの詩行をきく。
競って歌う　その歌は
かように甘く美しく　洗練されている。
鳥たちは　森の繁みで　大いに競いあう。
雲雀《ヒバリ》や夜鳴鳥《ナイチンゲール》が鳴くのを

耳にすれば、
愛のために　わたしの心はあらわれる。
わたしには　自明の理
決して燃え止むことのない
異なる類いの木であると。
蒼々繁る森の　陰のあたりに目をやれば
わたしはそれと分かる、
恭しくわたしに接するあの愛人《ひと》は　すぐ歓びで満たされるだろうと。

あの男《ひと》の恭しい辞儀《たいど》、わたしは愛されているけれど、
わたしは愛したことはない。
それでも　この時期《せつ》くれば恋したくなり
いまここで　情けを
かけてやらんと思う
わたしを慕うあの若者に。
わたしは気付いている、彼はわたしのために非常な苦痛も
大きな苦悶も耐えてくれることを。心の片割れは彼を拒絶し、
もう一方はわたしを焚きつける。

だから〈愛の神〉に乞い願う
彼がわたしを理解し、風が葉を揺り動かすように
彼がわたしを揺さぶり、
わたしの価値を低めるようなことを
表立ってやらぬよう、更には
わたしに満足してくれるようにと。
満たされた歓びとわたしの愛の面影《すがた》を
ひそかに所有したいと望む者は
満足な結果《おわり》を得ることなし。

ピエール・デッラ・ヴィーニャ　Pier della Vigna

ピエール・デッラ・ヴィーニャ（約一一九〇―一二四九）はカプアの法律一家に生まれ、ボローニャ大学で法律を学ぶ。一二二一年にフェデリコ二世の宮廷に公証人として入る。一二二五年以降、マグナ・クーリアの判事となり、フェデリコ帝の相談役となる。ピエールはフェデリコ帝と教皇グレゴリウス八世の間で一二三〇年に交わされたチェプラノ条約調印に立ち会い、また一二三一年の『メルフィ憲章』*Liber augustalis* の編集にも恐らく関わっていた。ところが一二四八年、叛逆罪に問われ、鎖に繋がれトスカーナの街々を歩き、目を潰された。一二四九年ピサ近くで没した（おそらく自殺であったろう）。

XXXVII　恋の成就は人目にも触れずに

わが憧れと希望の〈愛の神〉は
うるわしい淑女《ひと》よ、あなたを報いてくれました、
そして　わが希望が叶うまで、わたしは見入って、
幸せな瞬間《とき》を　待ち望みます。

出航を待つ船人が
潮時をみて　出帆し、
その希望が　欺かれぬようにと、
わが女主人よ、あなたの許《もと》へと向かいます。

あなたの許へ　今や行くことが叶うなら、愛する淑女《ひと》よ、
身を潜める泥棒のように　人目にも触れずに！
わたしは　この上ない幸運と考えよう、
〈愛の神〉が　こんな恩顧を恵んでくれたのだから。
貴婦人よ、あなたには包み隠さず、
プリモスがティスベ《り》を愛するより睦まじく、
いかに長い間あなたを愛してきたか、
そして、命のかぎり愛するかをお話しましょう。

あなたへの愛が　わが欲望を支えて、
大きな歓喜に満ちた希望を与えてくれます、
わたしは嘆いて責苦を受けても構わない、
あなたの許へゆける時を考えると。

もし遅くなり過ぎれば、わたしは死に絶えて、
芳しい接吻《ボッカ》よ、わたしはあなたを失いましょう。
よって、麗しい淑女《ひと》よ、わたしをこよなく愛するなら、
待つ間に　わたしが死なぬようお許らいください。

あなたを待って、わたしは生き永らえます、わが貴婦人よ、
わが心はいつも　あなたを慕い続けていますが、
この至純の愛が　あなたの心に伝わるには、
時間は僅かしか残っていないと思います。
よって、あなたがお気に召されて、
あなたの許へ出帆し、おおわが薔薇よ、
わが心があなたの思い遣りで　休息できる港に
辿りつくときを　待ち焦がれています。

わが小さき歌《カンツォネッタ》よ、この深い嘆きを
わたしを虜にした　あの淑女《ひと》に届いて、

9　愛する恋人ティスベがライオンに殺されたと誤信し自殺した青年。

この心の痛みを　その眼の前で語り
伝えてよ、まことの愛ゆえに、わたしは死にそうであると。
そして　使者を遣わし一言教えてほしい、
あの淑女《ひと》に抱くわが愛を　いかに堅固にするかを、
そして　もし過ちを犯したならば、
わたしを　思う存分に罰してほしいと。

XXXVIII

たとえ恋するふたりを引き裂こうとも

いちずに希望を抱き　愛するゆえに、
〈愛の神〉は　身に余るほども、
大きな愛の歓びの約束を恵んでくれた、
わが心が離れない
あの女《ひと》の想い出から
わたしを　真心込めて愛へと高めてくれたのだから。
いかにわたしが望もうとも、
わたしは決して　それと離れることがなかろう、
彼女の容姿《フィグーラ》は　わが心にかくも深く刻まれている、

たとえ、悲哀で、残酷で、狂暴な〈死〉が
わたしと彼女の肉体を
引き裂こうとも。

〈死〉は辛辣である、わが愛を
悲哀へと変えてしまったのだから。
残酷である、みごとな明けの明星を
罪なくして
容赦なく罰するのだから、
彼女に仕えるのが　わが救済《すくい》と思うのに。
〈死〉は　狂暴である、
あまりに早く　逝ってしまった、
〈自然の女神〉が
すべての条件を満たしたした
あの淑女《ひと》の　自然の死を待つことなく、
その肉体の寿命を蔑《ないがし》ろにして。

かくも儚い寿命ゆえに、わたしは嘆き悲しみ、

わたしは歓びを忘れて　やつれ果てている、
かつて愛し仕えてきた
あの淑女《ひと》の恩恵を　想い出すたび。
それゆえ、もう生き永らえずに、
わが魂と肉体を切り離したい。
そして　わたしの思いを実行しよう、
わたしから　愛する淑女《ひと》を
奪い去った　残酷なる敵である
〈死〉を驕り高ぶらせないためにも。
〈死〉は誰にも　荒れ狂うゆえに。
〈死〉を葬ることができるなら、わたしは死にもしよう。

わたしが望むように　〈死〉を葬り、
復讐することもできなく、
自分に慰めと勇気を与えるだけ、
たとえ　どんな慰めも
わたしには　歓びとならず、
悲しみのなかに生きることこそ慰めとなる。

それゆえ、わたしは生き永らえて、
〈死〉が戦いを挑む〈愛の神〉に仕えることで、
わが無念の思いに復讐して、
生きているかぎり
わたしは〈愛の神〉に仕えて、
わが想い出は〈愛の神〉の支配にゆだねよう。

わが想い出は　その統治にゆだねて、
わたしは　〈愛の神〉に頭《こうべ》をたれて、
慈悲を求めて　扶助《たすけ》を請い願おう、〈愛の神〉が　決して見捨てず、
助けを賜りますようにと。
だが、希望なしで、わたしは浄化されよう、
彼に仕えれば、その苦悩が歓びとなるゆえ。
こうして、心に希望が灯りますように、
わが憶《おも》いのなかのあの淑女《ひと》を
その死ゆえに　忘れることを望まない、
あらゆる気品に飾られた
あのお方を、

それゆえにこそ　わたしが〈愛の神〉に傅《かしず》いたものを。

ステファノ・プロトノターロ　Stefano Protonotaro

この詩人に関しては何もわかっていない。彼の名は残存する写本に《Ser Istefano di Pronto notaio di Messina》、あるいは《Notaro Stefano di Pronto di Messina》と現れている。ただここで使われて広く受け入れられている形はバルビエーリ写本に記録されているもの。一二六一年からそして一三〇一年から文書に現れる《Stefanus Protonotarii de Messana》と同一人物であると思われる。また *Liber rivolutionum* と *Flores Astronomie* というアラビアの天文学論文をギリシア語からラテン語に翻訳した Stefano da Messina というマンフレーディ王に使えていた人物と同じではないかとする説もある。彼の作になる三編のカンツォーネが残っている。

XXXIX　胸の内を打ち明けるに

わたしは　言うべきことを
じつに長い間　隠してきた、
それを　ずっと沈黙していることは
しばしば　わが身の害となるが、

あまりに話しすぎると
禍が生じかねないから。
ゆえに　わたしは
いずれの罪をも　恐れねばならない。
人が必要なことを言うのを
恐れるときは、
言い惑うことが
よくあるものだが、
恐れる人は　よき自制心がないからである。
ゆえに、わたしが言い違《たが》えれば、〈愛の神〉が赦し給わんことを！

じつに、わたしはわが欲望を
漏らすのを　ひどく怖れるが、
心が鎮まったと思うときには、
わが心に勇気が湧いて、
盗みをする人さながらに、
わたしは振る舞う、
盗人は恐れる人影が

いつも見ていると思って、
恐怖が極度に高まるときこそ、
勇気を鼓舞するからである。
このように〈愛の神〉は
わたしが　最も不安を感じるとき、
わたしを　勇気づけて、
わが愛する貴婦人《ひと》に
〈慈悲〉を請い求めさせる。
が、彼女の姿を見ると、わが思いも忘れてしまう。

忘れることは　甘美なもの、
たとえ　罪深くあっても、
愛しい貴婦人《ドンナ》を見つめると、
わたしはうっとりと酔い痴《し》れる、
だが、わたしはひどく悲嘆する、
溜め息を吐かせていても、
彼女がまったく気に掛けないのを
知ったときには。

こうして　わたしはいつも嘆いている、
病気が悪化したと思って、
心のなかで不安を覚える
病人さながらに。
嘆くことで、彼の絶望が少しは消えると、
彼には　しばしば思えるゆえに。

こうして、嘆き悲しむことが
わたしを大いに慰めてくれる、
溜め息を吐くことで、わが苦痛《いたみ》が
和らぐのを感じるのだから。
嵐に遭ったとき　その船が
教訓を与えてくれる、
積荷《つみに》を軽くすることで、
船は歓喜の港へと　戻ってゆけるから。
そして　わたしが背負う重荷を
少しは軽くしたとき、
わたしは　無事に港に

辿り着いたのだと思う。
わたしは戦い始める人のように振る舞う、
戦いの真っ只中で　もう勝ったと信じるのだから。

よって、〈愛の神〉が許してくれるなら、
かかる生き方は辛いために、
身を焼いて　蘇える
不死鳥のように、
わが身にも　起こってほしい、
わが身を焼いて
新しく生き返れるなら、
わたしは　運命を変えるであろうに。
年老いた牡鹿《おじか》が
昔の美しい姿に　戻るように、
わたしは　再び若返りたい。
その願いが叶うならば、
わたしは若さを取り戻して、その慈悲だけが
わが身の至福たる　あの貴婦人《ひと》を喜ばせもしように。

XL　幸運への望み

もし〈愛の神〉が、己の内に
耳を傾け、聞き入れる
能力を持ち合わせていたならば
わたしはこの上なく　嬉しいことだろう。
というのもわたしは、
召使がしばしば
その主人《あるじ》に仕えるように、
その長きにわたる奉仕を思い出す。
そしてわたしは彼女に知らせよう
苦悩を、それについて彼女にあえて嘆こうとは思わない、
わが心が　忘れることの出来ない女《ひと》。
だが〈愛の神〉はわたしにには見えず、わたしはそれを恐れる
わが苦悩の辛さがいまもなお増してゆくために。

それでも〈愛の神〉はわたしを見ていて

わたしを自分の権能の内に置いている。
けれどもわたしは見ることができない
彼女の本当の姿《フィグーラ》を。
しかし〈愛の神〉は、その性質に従って
傷つけたとしても
また癒してくれるという
そんな信頼を心に抱いている。
このことはわたしを安心させる。
そのために　わたしは自分を、
まるで獲物の鹿のように、彼の意向に従わせる、
しばしば　実に大きな声で叫ぶと、
疑うことなく　死の方へと向かっていく鹿のように。

実のところ〈愛の神〉を
疑う必要はなかろう
わたしは彼に対して
あの日以来、従順であったのだから。
わたしに歓びを示すことを知らしめたその日、

その人のことをわたしはずっと心に留めている、
その女《ひと》はわたしを　きつく　きつく
締め付けた。
金髪の乙女によって縛り付けられている
正に一角獣《ユニコーン》が
狩人に飼いならされているごとくに。
その乙女に　甘美に恋をする。そのために、
彼女は彼を縛り付け、彼はそのことを少しも気に掛けることはない。

わたしを縛りつけたあと、
彼女は視線を上げて微笑んだ
バジリスコ[10]がするように
彼女はわたしを死へと陥れた。
バジリスコは与えられたどんな者も殺してしまう。
（そんな風に）彼女の両の目でわたしの命を奪う。
死は寛大である
というのも　わたしは死んで後に蘇るのだから。
おお神よ、強力な罠が

わたしの翼につながれているように思える！
というのも　生きることも死ぬことも　わたしには何の意味もない
あたかも　海原でまさに死なんばかりだが
もし　陸地に手がとどけば助かるだろうひとのごとくだ。

陸地はわたしにとり命の港
そして安寧の港。
だが慈悲《メルチエーデ》に対する疑いは
わたしを落胆させ　無口にさせる、
〈愛の神〉がわたしを後押ししてくれないことに
気付いてからは。
ユダヤ人は　救世主を永きに渡り
待ち続け　破滅したのだ。
仮に　わたしを牢獄に繋ぎ止めておく〈愛の神〉から
助けを得なければ、

10　バジリスコ Basilisco（本文では badalisco）アフリカの砂漠に住み、ひとにらみで人を殺すといわれる怪獣

どの法廷で判決《さばき》を受ければ良いか　分からない。
だから　痛悔を行う者のごとく振舞おう、
その者は不運を耐え忍びつつ　幸運を期待するのだ。

XLI　恋する者は歌うべし

じつに長いあいだ
愛の歓びと楽しみのなかった
わが心を慰めるため、
わたしは再び歌うことにしよう、
おそらく　いともたやすく
遅れることで、あまりにも長い
沈黙の慣《なら》わしに　陥りかねないゆえ。
だが、人は話したい訣《わけ》があるとき、
大いに歌って　歓びを顕わにすべきである、
吐露しなければ、
その歓びはつねに価値が下がるであろう。
ゆえに、恋する人は誰もが心より歌うがよい。

そして、まことに愛するために、
しばらくの間　愛する人が
陽気に歌うとしたなら、
わたしは　さらに愉快に
歌わねばならない、
わたしは　とある貴婦人に恋しているゆえ、
彼女は甘美な快感と美徳、
価値と陽気な容姿《すがた》
そして、かくも豊かな美貌を
持っているゆえ、
ひと目見ると、虎が鏡を覗き込むのと
同じ甘美さを　感じるように思える。

虎は自分の育てた仔らが
じつにむごたらしく
奪い去られるのを見ている。
だが、虎は差し出された鏡のなかを

うっとりと見惚《みと》れるのが、
大きな歓びと思い、
虎の仔らの後を追うのを忘れてしまう。
同じように、わが貴婦人を見つめるのはまことに甘美である。
彼女を見ると、わが心労も
すっかり忘れてしまう、
かくも突然　彼女の愛は
つねに強まる一撃をわが心に加える。

この一撃から　いともたやすく
癒すことができたであろうに、
わが貴婦人が　わが奉仕と痛苦を
気に入ってくれさえしたなら。
でも、わたしは堅く信ずる
彼女がその本質を想いおこして、
機嫌を損なわないことを。
だが、〈愛の神〉が
一撃でわが心を傷つけた同じ槍で、

彼女をも撃つならば、
わが苦しみは　きっと癒されるはず、
ふたりは互いに熱情を感ずるのだから。

わたしは〈愛の神〉の威徳を
大いに讃えることができた、
いたく報われた人のように。
だが、〈愛の神〉はひどく責められるべきだ、
彼が一方を贔屓《ひいき》して
他方を憔悴《しょうすい》させるときには。
愛する人が苦痛に耐えられねば、
愛したいと思っても、彼は希望を失うゆえに。
でも、わたしは苦しみに耐えることに慣れている、
大いに苦しむ人が　その試練を克服し、
名誉を手に入れるのを　いつも見てきたから。
そして　苦しみに耐えぬき
誠実に愛して　敬意を表し、

人が〈愛の神〉から　無上の幸せを得るなら、
わたしは　慰めを受けるに値すると思う――、
愛する誰よりも　いつもひそかに
わたしは愛し崇め仕えてきたのだから。

ヤコポ・モスタッチ　Iacopo Mostacci

写本中（Firenze, Biblioteca nazionale, MS Banco Rari 217）ピザーノ pisano（ピサの人）と名がつけられているヤコポ・モスタッチは実際にはメッシーナ出身である。ジャコモ・ダ・レンティーニとピエール・デッラ・ヴィーニャに会ったのはおそらくマグナ・クーリアで、彼らとともに論争詩のテンツォーネ tenzone に興じた。彼は、一二四一年、皇帝の鷹を取り戻すためにマルタに送られた鷹匠と同一人物かも知れず、一二六二年にはマンフレーディ王の娘にアラゴンまで同行している。Messer の称号がついているということは彼が重要な人物であった証である。ヤコポ・モスタッチは六編のカンツォーネを残し、それらは洗練され、かつ古風な文体が用いられ、プロヴァンスの詩風が漂っている。

XLII　歓び歌おう

わたしは歓び歌いましょう
はっきりと当然のごとくに、
その望むだけ歓びを得る愛する人のように。

しかし　わたしはそれゆえ
自らの歓びの原因を知らしめてはいない、
それは過誤《あやまち》のようであるゆえ。
逆に　実際にわたしが感じている歓びよりも
自分はあまり
幸せでないようにみせよう。
というのも　不安《おそれ》を抱かぬものは
本当に愛せているかは疑わしい、
恐れなくして愛するのは相応しくないから。

わたしの恐れが
深い愛から　生ずるのなら
もっと情を込め　歌わねばならない。
そうしよう、ただ
やり過ぎることなく
わが婦人が望むごとく　お仕えできるように。
というのも、節度を持ち合わせぬ者は
長くにわたる大いなる歓びを

勝ち取るに至らぬのだから。
ならば誉《ほ》むべきは誰というか。
それは　獲得したものを慎ましく
見守ることができる者。

それゆえ、美しき女《ベッラ》よ、危懼《おそれ》を抱きつつも
わが詩《うた》にてあなたを讃えよう。
あなたの素晴らしさについて　口にするが
あなたを高められるのは　僅かばかりであろうことは
承知の上。
あなたの大いなる美点は　あなたを押し高める。
わたしといえば　その上、何ができようか。
方々に出歩いて
あなたの素晴らしさを　讃えようか。
あなたの美点は　詩の技巧《アルテ》によって
高められよう、
まさに河の水聚《あつ》まりて　海となるがごとくに。

XLIII　心の内を明かせば

わたしは公然と示したい、
わたしを歓喜で満たすものを、
敢えてわが心情を明かすならば。
わたしは恐怖で沈黙する、
完徳の宿るあの貴婦人《ひと》を
わたしは　褒め称えんとしないゆえに。
素晴らしい宝物を所有しても
それを語らず、ゆえに一層誇らしく思って、
大きな歓喜と不安を兼ね備える人さながらに。
かくのごとくに、いつでも
〈愛の神〉が恵んでくれた　こよなく大きな至福を
わたしは　ひそかに持っている。
わが人生は幸せに満ちて　なおさら大きく不安がつのる。
それゆえ　恐れを知らぬ人は　真摯に愛してはいないからだ。

わが恋情は　溢れんばかりで、
わたしは　長い間はどうしても
隠し通せぬのを恐れる。
顔に現われない　心底からの愛が
あまりにも　張りつめて、
わたしのうちに　潜んでいるように思える。
その麗しい容貌《かんばせ》を　褒め称えたくとも、
実際には、それが叶わぬ貴婦人に
わたし自身が愛されているときには、
その讃えるべき貴婦人の
正体が　世に知れてしまうゆえに。
ために　そうするうちに、
それが消えないよう、わたしは隠しておきたい、
適宜な沈黙は　責められないゆえ。

〈愛の神〉は　秘密に伏さねばならない、
愛はこの世の歓びで、
いとも素晴らしい歓喜だから。

愛のなかでは　他では
生じえぬことが　起こりうるもの。
人は誰でも名声と権力を切望するのに、
愛は深いほどに　なおさらその身を隠す。
ことさらに愛する人の過ちにより、
その愛が露《あら》わになれば　その徳性は失われる。
よって　愛する人は
辛い道を進まねばならない、
世の悪評のため、
大きな歓びと富が失われて、
悪意ある噂が　大きな破滅を招くゆえに。

フェデリコ二世　Federico II

ホーエンシュタウフェン家のフェデリコ二世は、ハインリッヒ六世とシチリア女王コスタンツァの子であり、フレデリック赤ひげ王の孫。一一九四年十二月二六日、アドリア海沿岸近くのイタリア東中部イエージで生を享け、四歳のときに孤児となり、一一九八年パレルモでシチリア王として即位した。彼の教育は、教皇イノケンティウス三世の庇護のもとになされた。教師の中には、ターラント大司教ニコラと、公証人ジョヴァンニ・ディ・トラエットがいた。ラテン語、ギリシア語、アラビア語、フランス語、プロヴァンス語、ドイツ語、そしてシチリアの地方言を学び、深い教養を身につけた。一二二〇年、ローマで戴冠すると、フェデリコは賢さと抜け目なさを発揮して、教皇や野心あるまたは狡猾な貴族に対して、皇帝としての自らの力を保持していた。彼は絶対王政のごとくに治め、教会に対し帝国のやりかたを通そうという姿勢であった。北部イタリアを征服する試みは、一二三七年コルテノーバでの戦いにおけるロンバルディアの敗退となり、教皇グレゴリウス四世との対立に巻き込まれる結果となった。グレゴリウス四世からフェデリコは二度破門されている。彼は一二五〇年十二月十三日ノフォッジャ近くにあるフェレンティーノ城で死去した。

フェデリコ帝は並々ならぬ知的好奇心にあふれ、その宮廷マグナ・クーリアを西洋、ビザンティン、アラビア文化の影響下におき、そこを訪れた学者らと哲学や科学の議論を交わした。彼自身『鷹狩りの書』*De Arte Venandi cum Avibus* の著者でもある。知識の普及に大いに関心があり、彼は一二二四年ナポリに大学を創設した。フェデリコ帝の詩作と朗誦の能力はサリンベーネの年代記のある一節に「(フェデリコ帝は) 書くことも歌うこともでき、また詩作もできた」と言及されている。フェデリコ帝のものとされる四編の詩が残されており、それらは、彼が卓越した詩人であることを示している。最もよく知られているのは「愛の離別は」*Dolze meo druro, vatene!* で対話形式の哀歌的な詩で離別のモチーフを扱っている。

XLIV　愛の離別は

「わが愛しいお方よ、あなたは去っていかれよ！
わが主人よ、あなたを神へお委ねします、
わがもとを　去りゆくのですから、
このわたしを　無情にも置き去りにして。
ああ、わたしは　生きるのがつらい、
死を見つめるのが　遥かに心地よいもの、
わたしは　心癒される思いはしなかった、
歓びなきわが人生を　想い起せば。

あなたが　去り行くのを思うと、
わが心は　大きな苦悩にうち震える、
わが最愛のお人を
遥かなる地が　わたしから引き離すゆえ。
今や　わが愛しい人が　遠ざかる、
誰よりも愛したお人が。
わが心を苛む　トスカーナの地に
わたしは　愁《うれ》いに沈む。」

「甘美なる淑女《ひと》よ、わが去りゆくは
わが意志ではなく、
従わねばならぬゆえです、
このわたしを治めるお方に。
わたしが去っても　元気を出して、
もう　弱音を吐かないでほしい、
別の女《ひと》を愛して、
愛しい女《ひと》よ、あなたを裏切りはせぬゆえに。

あなたの愛は　このわたしを捉えて、
わたしを　その支配下に置きます、
心の底から　あなたを
ウソ偽りなく　愛さずにはえられないゆえ。
このわたしを　想い出してほしい、
このわたしを　忘れないでほしい、
わたしの　すべての望みは
あなたの　御意《ぎょい》のままですから。

わが甘美なる淑女《ひと》よ、わたしは
今まさに　暇乞《いとまご》いを請い求めます。
あなたに　気に入られますよう、
あなたの許《もと》に　わが心は残るのですから。
これぞ　愛の歓び、
わたしは　想い出します、
この愛の歓びゆえに、愛する淑女《ひと》よ、真実、
あなたから　わたしは去れないのです。」

XLV　惜別の辛さは

〈愛の神〉よ、もしわたしが
詩《うた》うのを　お望みならば、
その望みを　満たすことができるまで
能う限り　そうしよう。
わたしは　あなたを愛すべく
心を捧げたのだ、婦人よ、
わたしのすべての望みを
あなたの判断に　委ねた。
だから　わたしは決して
あなたから離れない
価値高き婦人よ、
わたしは　あなたを心より愛している。
あなたは　愛がぴたりと重なるまで　わたしに待てという。
われに救いを与えたまえ、至純の婦人よ、
わが心はいつも　あなたに恭しく従っているのだから。

もし　恭しく従うならば、
そのもっともな理由《わけ》があるし、
あのような愛らしいお方に対し、
わたしは望んでいるゆえに。
わたしの気持ちが　明るくなるであろうと
あなたに期待し続けているゆえに。
わたしのすべての希望は　あなたを愛することに、
そして　あなたの歓びのために　捧げられた。
あなたの顔《かんばせ》、輝ける星を
わたしは目にし、
わが愛の奉仕にて、
欠けることなき歓びを　わたしは希望し、
そして他のご婦人らが
足下にもおよばぬ華である
あなたのお気に召すと信じている。

他の婦人をしのぐ価値と完璧な

叡智を　あなたはお持ちだ。
何人《なんびと》もあなたの美点を
語ることはできぬ。
あなたはこの上なく美しいのだから！
わたしの信ずるところによると、
そのような美しい女《ひと》は
ひとりとしていない。
またあなたに比して、そのような気高さをもつ
女はいない、高き婦人《あなた》よ。
あなたの優しき表情は、
わたしを安堵させ、嬉々とさせる。
あなたを評価する立場にあって、完璧な婦人《ドンナ・フィーナ》よ、
あなたの美点をわたしは片時も忘れたことはない。

常に目で見、心で感じ取っている。
それについて明らかな理由《わけ》がある。
〈愛の神〉があなたとの一致を　わたしに感じさせて
くれることを、ああ気高き婦人《ひと》よ、

決して安らぎを得たことはなかったが、
あなたの美しい顔《おもて》には
そのような美徳《ちから》がある。
あなたによって常にわたしは晴れ晴れとした気分でいる。
わたしは太陽に見るのだ
あなたの美しきその顔を。
わたしは愛にとらわれているがゆえに、
わたしは愛を幸運の内にもつ。
常に　良き主人に忠実な者には希望《のぞみ》がある、
だから　あなたの情けにわが身を委ねる。

情愛《なさけ》と憐れみをわたしにかけたまえ、
高貴なる女《ひと》よ、
わたしのあらゆる願望は
［……］で、
よくあなたはご存じであるのだから。
薔薇よりも芳しいあなたに　しばしば
みまえることは、わたしが多大な

価値を認めるところ。
あなたの優しき面《おもて》に
われを忘れ、
身も心も捧げてしまった。
あなたを目にした　その最初より、
あなたの権能《ちから》のうちに　わたしは捉えられた。
あなた以外の婦人など　わたしにはもういらない。

XLVI　ひとを済《たす》くる三徳

節度、幸運そして報いは
ひとを賢くし、物知りにもする
更に　あらゆる高貴な行いに　ひとは恩恵をうけ、
あらゆる富はひとを思慮深くする。
巨万の富を所有せずとも、
つまらぬ人間を　価値ある男に変えることもできる。
けれども　節度ある習慣《ならい》により
高雅さは人びとの間に行き渡る。

大いなる権力に座する者
また　豊かな富の中にいる者は
その座に居すわれると期待《おも》いつつ　時を移さず降下する。
だから　運が大いなる高みに押し上げていてくれる限り
賢明なひとを　余計に褒めそやしたりせず、
日がな一日　雅《みやび》な心をたもたれよ。

ルッジェローネ・ダ・パレルモ　Ruggerone da Palermo

この詩人の素性についてはいまだはっきりとしていないが、少なくとも二つの可能性がある。ひとつは「判事ルッジェーロ」iudex Rugerius という一二七八年の記録によるもの。あるいはフェデリコ二世により『シドラクの書』*Il Libro di Sidrach* を求めるために派遣された frete（minore）Ruggieri di Palermo かとも目されている。ここに収めた「離別の苦しみ」*Oi lasso! non pensai* は長らくフェデリコ帝の作であると考えられてきたが、近年の調査によりルッジェローネを作者とみなすようになってきている。

XLVII

離別の苦しみ

あな　あわれ！　わたしは考えもしなかった
かくも痛々しく　思えるとは、
わたしの貴婦人から　離れることが。
遠く離れてからというもの
彼女と共に過ごしたことを　思い返しては

もはや　死なんばかり。
乗船の折りを除き
かつて　かような苦しみを味わったことはなかった。
もう　わたしはきっと命果てる
彼女のもとに　すぐにでも戻らなければ。

わたしが目にするものすべては
いまもわたしを悲しませ
いかなる場所にても　わたしをかくも締め付けるので
わたしは　安心を得られず
また　わたしの微笑みと愉しみを醜きものにする。
彼女の優しき言葉を想っていると、
わたしの精神《こころ》から　あらゆる歓びが出て行ってしまう。
自分が幸せであるとはいえぬ、
わが甘美なる貴婦人がいる場所でなければ。

ああ神よ、わたしは何と気が触《ふ》れていたことか、
威厳に満ちた場所から

わたしが立ち去りしときには。
わたしはかくも高値でそれを購《か》った
しかし　わたしは雪のごとく溶けゆく
他の誰かが彼女を支配し　わがモノとしているのを考えただけで。
わが貴婦人《マドンナ・ミーア》よ、わたしがあなたのもとに帰れる日が
わたしには千年先にも感じられる。
よからぬ考えが　わたしをこうもひどく悲しませ、
わたしは笑えもせず　愉しい気分にもならない。

歓びに満ちし小詩《カンツォネッタ》よ、
シリアの花にまで届いて、
わが心を牢中にもつ彼女のもとへ。
最も愛らしき女《ひと》に告げよ、
お願いだから、
彼女の奉仕者のことを　想いおこしておくれと、
まったくお役に立たず
彼女への愛のために苦しみ続けている者のことを。
彼女に頼んでおくれ、彼女は善良なのだから

彼女がわたしに忠実でいてくれるようにと。

チエロ・ダルカモ　Cielo d'Alcamo

十三世紀初期の生まれ。彼の姓はシチリア西部の町アルカモ Alcamo 出身であると推測されている。「夏に咲きそめる　いと芳しく瑞々しい薔薇よ」'Rosa fresca aulentisima ch'apari inver' la state' で始まる一編の応答詩《コントラスト》により知られている。ダンテの『俗語詩論』にもこの詩の一部が引用されているが、作者の名は挙げられていない。

XLVIII　愛の応答詩《コントラスト》

男「夏に咲きそめる　いと芳しく瑞々《みずみず》しい薔薇よ、
　貴婦人らは貴女《あなた》に憧れます、乙女らと奥方らもひとしなみに。
　この恋の炎を取り除きください、もしそのご意志があるならば。
　貴女ゆえに、私は日も夜も安らぎをえずに、
　貴女をいつも想い悩んでいます、わが愛しい淑女《ひと》よ。」

女「わたしのため悩み苦しむならば、愚かさゆえにそうなさるのです。

あなたは海を耕し、風に逆らい種を蒔いて、
この世のすべての富を　掻き集めることができるでしょうか？
あなたは現世でこのわたしを得ることは叶わないでしょう。
わたしは髪を剃る方をむしろ望みます。」

男「もし貴女が髪を剃るなら、私はむしろ死んでしまいたい、
このように、私は慰めも楽しみも失うでしょうから。
この世を去って貴女を見るとき、花苑《はなぞの》の新鮮なる薔薇よ、
貴女はつねに大きな慰めをわたしに恵んでくださる。
われらの愛が互いに結ばれるものと思いましょう。」

女「われらの愛が結ばれるのを、わたしは望みも願いもしません。
わが父とわが親族とは　あなたをここで見つけたら、
あの速足《はやあし》の人たちに　捉われぬよう注意しなさい。
ここに着いたのが嬉しかったように、
帰り路には　身を守るよう忠告します。」

男「貴女の親族が私を見つけても、何ができるでしょうか？

私は二千アウグスト金貨の罰金を科しましょう。
貴女の父上はわたしに触れないでしょう、バーリ[11]に莫大な財産を持っていても。
皇帝陛下万歳！　主なる神に感謝！
聞こえますか、麗しい淑女《ひと》よ、私が言うことを？」

女「あなたはわたしを朝も夕も自由に生かしてくれない。
わたしは純金のビザンティン金貨を持つ貴婦人ですよ。
たとえトルコ皇帝が持つほどもの財宝と
さらに、皇帝の所有する財産をくださっても、
わたしの手に触れることさえできないでしょう。」

男「石頭の女は沢山いますが、
男はその弁舌で彼女らを支配し窘《たしな》めます。
男は女を隈なく追い求めて、遂には手中に収めます。
女は男なしでは済まされません。
別嬪さんよ、やがて後悔しないようご注意あれ！」

11　東方貿易で重要な貿易の中心地。現在のプーリア州の州都。

女「わたしがそれを後悔するのですって？　死んだ方がむしろましですわ、
気高い女性がわたしのために誰も責《せ》められませんように！
昨夜、あなたはここへ参りました、遠くから走りながら。
それでは　どうか一休みしてください、吟遊詩人さん。
あなたの言葉など　わたしはまっぴらご免蒙りますので。」

男「貴女はいかに多くの苦痛をわが心に負わせて、
しかも　外に出かける昼にも　私は心痛の余りひたすら苦悩しました。
でも、あなたを愛するほど　この世の女を
決して愛しはしませんでした、わが恋い焦がれる薔薇の花よ、
貴女はわが運命《さだめ》の女《ひと》と　私は固く信じております。」

女「わたしがあなたの運命の女なら、わたしの高貴さが貶められるでしょうに、
だって、わたしの美貌はあなたには適《そぐ》いませんので。
かかることがわが身に起ったなら、わたしは髪を剃って、
あなたがわたしの身体に触れないうちに、
わたしは女子修道院で尼僧となるでしょう。」

男「もし尼僧となるなら、輝ける顔《かんばせ》をもつ貴婦人よ、
　わたしは修道院に入り　修道士となります。
　あまたの試練を経《へ》ても、私は喜んで貴女を征服します。
　昼も夜も　私は貴女とずっと一緒にいます。
　貴女をわがものとして持ち続けたいからです。」

女「ああ！　哀れなわたし、なんと不幸な運命を背負うわたし！
　いと高きイエス・キリストは　このわたしにじつに残酷です。
　御身《おんみ》はこの不敬な男に　わたしが遭遇するため創造されました。
　まことに広い世界を探してご覧なさい、
　わたしより綺麗な貴婦人を見つけるでしょうから。」

男「私はカラブリア、トスカーナ、ロンバルディア、プーリア、コンスタンティ
　ノープル、ジェノヴァ、ピサとシリア、ゲルマニアとバビロニアと
　バルベリーア全土を探してみました。
　かくも優雅な貴婦人は何処にも絶えていませんでしたし、
　ゆえに、貴女をわが至高の女主人に選んだのです。」

女「あなたは大変に苦労されたのだから、わたしを貰い受けにわが父母の
　もとへ行ってくださるよう　お願いいたします。
　両親があなたに与えるに値すると見なすなら、わたしを教会へ連れていって、
　人びとの前でわたしと結婚をしてください。
　そうすれば、あなたの命令に従いましょう。」

男「貴女がおっしゃることは、わが生命《いのち》よ、貴女には何の役にもたちません、
　貴女との言葉で、私は橋と階段を作りあげたのですから。
　貴女は羽《はね》を生やそうと考えましたが、貴女の翼は抜け落ちました。
　そして、私は止めを刺したのです。
　よって、もしできるのならば、田舎娘でいてください。」

女「大弩《おおゆみ》でわたしを脅かさないでください。
　わたしはこの堅固な城の栄光のなかに留まります。
　あなたの言葉は子供に悖《もと》ると思います。
　起き上がって、ここから立ち去らずにいて、
　あなたが殺されたなら、わたしは大変に仕合せですこと！」

男「では、わが生命《いのち》よ、私が貴女のため、破滅するのをお望みですか？
たとえここで殺されようと、粉々に引き裂かれても、
私はここを動きません、貴女の庭にある
果実を手に入れないかぎりは。
私は日夜それを熱望しています。」

女「伯爵や騎士たちでも　その果実を手に入りませんでした。
侯爵や判事らもそれを熱望しましたが、
手に入れることができずに、激怒して立ち去りました。
わたしが言いたいことを　存分にお分かりですか？
あなたの財産は千オンス[12]にも及びません。」

男「わが丁子《ちょうじ》は多いが、貴女はその房を受け入れようとはされない。
麗人よ、私を侮らないでほしい、この私を味わうまでは。
もし海風が逆風となって、貴女を砂浜へ乗りあげたなら、

12　シチリア貨幣の単位

貴女はこの言葉をよく想い起こすでしょう、
私は心でひどく悔やんでいるのですから。」

女「せめて悔やんで　悩み苦しみ地面に倒れさえしたら、
人びとは四方八方からここへ走ってくるでしょうに。
皆はわたしに、「この不運な男を救ってあげて！」と言うでしょう。
わたしはあなたに手を差し伸べるに値しないでしょう。
教皇やスルタンの有する全財産と引き換えでも。」

男「神に願わくは、わが生命《いのち》なる淑女《ひと》よ、貴女の家で殺されますことを！
わが魂は慰めもない、日も夜も狂乱しているゆえに。
その人びとは貴女を呼ぶでしょう、「おお、邪悪な偽証者よ、
おまえがこの男を家の中で殺したのだ、裏切り者めが！」と。
一撃もせずに　貴女はわが生命《いのち》を奪おうとしています。」

女「もし立ち上がって、この呪いの言葉でここを去らなければ、
わが兄弟らがこの家であなたを発見するでしょう。
あなたがここで命を落とすと　わたしは大変困ります、

あなたはわたしに説教するために来たのですから。
わが親族や友人の誰もがあなたを助けないでしょうから。」

男「友人や親族らが私を助けるには及びません。
私は、愛する女《ひと》よ、これらの高貴な人びととは相容れない者ですから。
貴女がわが心に入ってから、わが生命《いのち》よ、今や一年にもなります。
貴女があの素晴らしい衣装を身に纏っていたから、
麗人よ、あの日から、私は傷つきました。」

女「その時、あなた裏切り者のユダよ、あなたは恋に落ちたのですって、
わたしの真紅色か緋色の布地、あるいは絹織物のゆえに?
たとえ福音書にかけて、わたしの良人《おっと》になると誓っても、
この世でわたしを得ることができないでしょう、
わたしは海の深淵《ふかみ》へ身を投げる方がましです。」

男「もし貴女が海へ身を投ずるなら、わが優雅で気高き淑女《ひと》よ、
すぐにも、海辺を隈なく哀れな貴女を捜して、
貴女が溺れたあとで、自殺を成し遂げられずにいる

貴女を砂浜に発見しましょう。
私はその罪を共犯することになります。」

女「わたしは父と子と聖マタイにかけて、十字を切ります！
あなたは異教徒やユダヤ人の息子でもないのも知っていますが、
そのような言葉をいう人を聞いたことがありません。
もしこの女体《にょたい》が完全に死に絶えれば、
あなたはその風味も歓びもすべて失うでしょう。」

男「それはよく承知していますが、そうせざるを得ないのです。
もしお許しがなければ、私は歌をやめるでしょう。
わが貴婦人よ、そうなさってください、あなたはそれをできるのですから。
私を愛さずとも、私は貴女を大いに愛しています、
貴女は釣り針で魚のようにこの私を捕えたのですから。」

女「あなたはわたしを愛し、わたしもあなたをまさしく愛しているのを知っています。
さあ、ここから立ち去り、明日また戻ってきてください。
わたしが申し述べる通りになされば、あなたを誠実に愛するでしょう。

これだけは必ず約束します――
わたしはあなたの支配下になると誓うことを。」

男「そう言われても、愛しい淑女《ひと》よ、私は全く満足しません。
その代り、私を捕えて首を刎《は》ねてください、この新しい短剣を手に取って！
卵を茹《ゆ》でるより速く実行できます。
わが願望を遂げてください、麗しいお方よ、
わが魂と心はもう耐え切れませんので。」

女「あなたの魂が疼《うず》くのはよく分かります、さながら火傷《やけど》した人のように。
この手立てのほかに、あなたの望みは叶えられません――
『誓います』と言えますように　あなたは『福音書』がなければ、
わたしを支配することができません。
むしろ　わたしを捕えて首を刎《は》ねてください！」

男「福音書を、愛しい淑女《ひと》よ、私は胸に持っています！
教会から持ってきました（司祭はそこに居なかったが）。
この『書』にかけて　貴女を決して見捨てないと誓います。

慈悲を垂《た》れて、わが願望を叶えてくださいい、
わが魂は憔悴していますので。」

女「ご主人さま、あなたは宣誓されたので、わたしはすっかり火が点《つ》きました。
あなたの眼の前で　わたしは抗弁いたしません。
あなたを蔑ろにしたなら、お赦しください。わたしは御意のままですから。
さあ、急いで褥《ベッド》へと参りましょう、
この応答詩《コントラスト》はめでたく終わったのですから。」

ジャコミーノ・プリエーゼ　Giacomino Pugliese

この詩人については よく分かっていないが、ヴェネツィア写本（Venezia, Biblioteca nazionale Marciana, MS 278）中にジャコミーノ Giacomino という名が見られる。彼の素性を明らかにしようという試みのうち、*Cronica della Marca Trevigiana* に言及のある、シチリア島有数の高貴な家柄の出身のヤコブス・デ・モッラ Iacobus de Morra が最も有力視されている。ヤコブスは Uc Faidit に『プロヴァンス語文法書』*Donatz proensals* を書かせた人。一二四六年皇帝に対する陰謀に加担し、教皇に助けを求めたらしいが、いつどこで亡くなったのかは不明。一方で Giacomino という指小辞および messere という称号がないことが、貴族社会の高位にはなかったとの見方もある。また、カンツォネッタ、ディスコルドそして離別の歌といったより民衆的なジャンルに精通している様子は、ジャコミーノがジョングルールといった低い身分であったとする見解もある。

XLIX　〈死神〉はこの世の華《はな》を

〈死〉よ、何ゆえにかくも辛《つら》い戦《いくさ》をしかけるのか、汝《なれ》はわが貴婦人を奪い去り、わたしは悲嘆に暮れているのに。
汝はこの世の美の華《はな》を　葬り去って、
ゆえに　わたしは現世《うつしよ》を愛しも望みもしない。
憐憫の心情《こころ》なき　残酷な〈死〉よ、
汝はわが〈愛〉を奪い　歓びを取り去って
わたしに　深い悲しみをもたらす。
汝はわが歓びを　深い悲哀へ変えてしまった、
かつて享受していた
歓喜も幸福も　汝は奪い去ったのだから。

世界中のどんな騎士よりも、
わたしはいつも慰めと楽しみと微笑《わらい》を持っていた。
今や　わが貴婦人は〈天国〉へ逝ってしまい、
甘美なるわが希望をも　ともに連れ去った。
そして　わたしを苦悩と溜息と悲嘆に暮れさせて、
慰め、楽しみ、歌と、
親交から　わたしを追いやった。
今や　わたしは彼女を見つめ、その眼前に立つこともなく、

いつものように、
彼女は甘美な容貌《かんばせ》を　見せることもない。

おお神よ、なにゆえに御身《おんみ》は　かかる災厄にわが身を陥れるのか？
わたしはいたく当惑し途方に暮れている、
御身は甘美な希望を　わたしから奪い去り、
どこにもないように思える
いとも甘美なる睦みの絆を　断ち切ったのだから。
わが貴婦人よ、誰があなたの容貌《かんばせ》を
見守っているか、
あなたの礼節　今いずこにあるか、
そして　あなたの高貴な心を誰が奪い去ったのか？
ああ、わが貴婦人よ！

わが貴婦人はいずこにあるか、その分別、
その美貌、　その大いなる叡知は、
その甘美な微笑《ほほえみ》と、その優しい話しぶりは、
その眸と口唇《くちびる》、その麗しい容姿《すがた》は、

その優美さ、その礼節は　いずこにあるか？
そのお蔭で　わたしはいつも
歓喜に満たされていた　わが貴婦人よ！
わたしは日も夜も　もう見るのも叶わず、
生きていたとき、よくしてくれたように、
彼女はもはや　歓びを恵んではくれない。

ギリシアと遥かフランスへ至るドイツと、
サンタ・ソフィア[13]の貴重な財宝と共に、
たとえハンガリア王国が　わたしのものであっても、
彼女が逝った日に　わたしに降り懸かったほども
大きな喪失感を　償うことはできない。
わが麗しき貴婦人は　この世を去って、
深い悲しみ、
溜息と苦悩と落涙とを　わたしに遺した。
そして　彼女はわたしを慰めるため、
絶えて楽しみを送ってくれない。

あなたへのわが望みが叶うなら、わが貴婦人よ、
何ごとも成し給える　至高の神にお願いしたい、
われらふたりが昼夜を分かたず　共にいることを。
だが、御意志であろう、これが神意に添うゆえ。
彼女が共にいた頃を想い起こす、
「愛しい貴男《ひと》」と、よく呼んでくれたことを。
でも、今や彼女はそう呼んではくれない、
神は彼女を捉えて　連れ去ったゆえに。
神の御力《みちから》と安らぎが、麗しいお方よ、
あなたと共にありますように！

L　天使の顔《かんばせ》と眼差しは

あの優麗で　魅力的な顔《かんばせ》と
情愛ふかい　ふたつの眸は
彼女が眼前に現れるや、

13　コンスタンティノープルのギリシア正教の総主教大聖堂。アヤ・ソフィアともいう。

わたしの心と魂は歓びに満たされた。
かくも心躍《おど》らせて、
わたしは愛する淑女《ひと》を見つめる。
接吻を交わしたあの口唇《くちびる》を、
わたしは今も待ち望み焦がれている。

わたしはその芳しい唇とふたつの乳房、
それにあのふくよかな胸を捜し求めた。
わたしはわが両腕に彼女を抱きしめた。
接吻《くちづけ》を交わす間に、彼女はこう尋ねた—
「愛しいお方よ、もしお発《た》ちになるなら、
どうか躊躇《ためら》わないでください、
愛を置き忘れて　出《い》で発《た》つは
よい慣わしでありませんから。」

しかし、そのとき立ち去ろうとして、
わたしは言った—「あなたを神の御胸《みむね》に委ねます」。
すると　麗しい淑女《ひと》は　溜息をつき、

涙を流して　わたしの方を見やった。
溜息があまりに多く、
彼女はほとんど答えなかった。
わが愛しい淑女《ひと》は
わたしを　立ち去らせはしなかった。

わが愛する淑女を忘れるほど、
わたしは遠くへ旅立つのではない、
トリスタンがイズーもかくまでも
愛し合ったとは　信じ難いほどに。
あの優雅な淑女《ひと》が　貴婦人らの間に
その姿を現わすのを見るや、
心の苦しみは癒されて、
わが精神はいとも高鳴るのです。

LI　巡り来る春の季節に

庭や牧場や平原が

緑に覆われるとき、
小鳥たちの囀る声が聞こえる。
春の瑳音に耳を澄ますと、
大地は歓喜と愉楽の表情を浮かべて、
わたしは思い煩って言う――
わたしは慰めを求めて歌う、
愛の苦しみを覆い隠すためと、
愛する者は不当にもやつれ果てるゆえに。

愛するのは気楽であるが、
愛されるのは真剣なこと。
心穏やかに愛し愛される男は
世間の人びとを味方にする。
貴婦人たちは　自分のために
苦しみに耐える男に慈悲を垂れる。
もし恋する男がいるなら、
その心は喜びに満ちあふれて、
いつも幸せに生きている。

彼は歓喜のなかで生きている。
わが貴婦人よ、嫉妬心ゆえに、
あなたへの思いに苦しめられるのを
心で感じて、悲嘆に暮れています。
愛は嫉妬ではなく、
忍耐と分別で仕えることを望みます。
愛を熟知する人こそが
愛を成就するにふさわしいゆえ。

この愛の発端はあなたですし、
あなたこそ　わが心を奪ったのですから。
あなたは誤りを犯しませんでした、
わたしの心をよく知っていたのですから。
わが貴婦人よ、名誉ある振る舞いにより、
あなたはわが生命《いのち》を救ってくれました。
愛ゆえに　あなたは下さったのです、
三つ編みの黄金の髪飾りを、

いつも肌身離さず想い出としています。

LII　輝ける夜明けの星よ

輝ける
夜明けの星よ、
愛する歓びに
満ちし婦人《ひと》よ、
麗しきひと、きみの思いのままにある
わが忠実な心は　きみから　離れることはない。
いまや、きみよ、麗しきひとよ、憶えておいで、
ぼくらが甘美《あま》き愛を確かめあった日を。

美しきひとよ、
あの甘美な日を、
きみと戯れしときの
歓びを
覚えていてくれますように。

接吻《くちづけ》をしながら　こういった「わが魂よ、
ぼくら二人の間にある　甘き恋心《アモーレ》は
なんであれ偽りとなることはない」と。

きみの輝きが
ぼくを捕え、
愛の歓びに
ぼくは征服《ほだ》された。
だからきみから　あえて離れようとは思わない、
自分が望まなければ　そうはしやしない。
その苦しみは二倍にもなろう、
きみを失ってしまったならば。

貴き婦人よ、
わたしの生命《いのち》は、
魅力あふれるひとよ、
きみのために見失われてしまった、
ぼくの腕にきみを抱いていたことを思って、

あの優しき済《すく》いと慰めがなかったら、
屋敷《パラッツォ》の窓から
よろこんでぼくのもとに降りてきたとき。

美しいひとよ、きみは
ぼくの思うまま、
咲いたばかりのバラよ、
きみはぼくのせいで不安になっている、
麗しきひとよ、ぼくはきみに復讐を果たした。
おお、本当に、バラよ、きみは苦しんだのだ。
もしスペインとフランスがわが思いのままとしても
こんな富を得る者はいなかろう。

わたしがきみから
立ち去り、そんなときに
きみは溜息をつきながら
ぼくにこう言った
「ねえ、あなた、行っておしまいなら、お近づきにならないで。

自分を頼んで、別の人生《みち》を歩みます。
遊び《ジョーコ》にも踊り《ダンツァ》にも打ち興ぜず
修道女などより　ひそかに篭《こも》りますので。」

さあ、考えてもごらん、
ねえ　わが婦人よ、
誰か知らぬ者が
きみを思うままに所有するなんて、
きみの心《きもち》に嘘をつかせてくれるな、
麗しきひとよ、ぼくのことを心に留めておいてよ。
知っているね、愛するひとよ、ぼくが経た苦しみを。
ぼくらを離れ離れにさせる者に　寂しき死のあらんことを。

バラの花瓣《はな》よ、
ぼくらを離す者に
良き事の
欠片《かけら》もおこりませんように。
神は甘美で至純の愛をお創りになられたのだから。

心より愛し合ったふたりの恋人について
ジャコミーノよ、詩行《うた》を詠えよ、
つらい愛を避ける者よ。

マッツェオ・ディ・リッコ　Mazzeo di Ricco

この詩人に関してわかっていることは、彼がメッシーナ出身で、シチリア派の最後の継承者の一人であったということである。彼は六編のカンツォーネとソネット一編の作者である。彼のスタイルは、対話形式が用いられているときでさえも、洗練されていて宮廷風であり、テーマは伝統に則ったものである。

LIII　恋する心

「恋する心は
殿方よ、嘆き
哀れみのために眼《まなこ》を濡らす
あなたから遠く離れ
日に幾度となくあなたを訪れては
わたくしの心は苦悩する。
あなたを望み

あなたにわが心を送ります、
そちらに赴き、あなたの元に留まる、
そうして、わたしのところには戻らない
あなたに請い願う、
嫉妬や苦しみを起こさせないようにと。」

「ご婦人《きみ》よ、もしわたしと
等しく恋するあなたの
甘美な心を　わたしに送られるなら、
本当にご承知おきください、
真実《まこと》の愛のために、
あなたの内にわたしの心を送ったのだから。
というのも、あなたに伝えねば、
わたしがいかに苦しみ、薔薇色のあなたに対して、
大いなる苦しみを感じているかを。
願望《のぞみ》は唯一つ、
わたしには他に望みは持ち合わせていない、
美しき人よ、あなたの元へひたすら赴くことのみ。」

「殿方よ、こちらへ
いらっしゃりたいとのことですが、
わたしはあなたより百倍もそのことについて望んでいます。
この偶然は
わたしを死へと至らしめます。
あなたを愛するほどに、嫉妬深くなるし、
常に恐れを抱いています。
他の愛のために
あなたの心が裏切りはしないかと、
わたしから離れてしまうのではないかと。
他の婦人にあなたが関心を寄せないとは
わたしには自信がないのです。」

「ああ、わが貴婦人よ、わたしのために
嫉妬も苦しみも恐れも
抱くことは相応しくない。
ひとは眼の中でわけることなど

できはしないでしょう、
二人の女性を一つの像《フィグーラ》に認めるごとくに。
彼女らはわたしを
心の底から愛せまい、
わたしの心は別の方面に向いているゆえ。
かくして、〈愛の神〉はわたしを縛りつける
あなたの元へ戻ることしか、
他のことはできやしない、価値高き婦人よ。」

LIV　わが心をとらえた貴婦人《あなた》

貴婦人《マドンナ》よ、わたしの心を
いとも強固に捕えて恋をさせたお方よ。
困ったことに　わたしはあなたに不平をもらす
だが、それは何の役にも立たぬこと
だってわたしの心を抑えることはできぬから。
あらゆる大胆さに打ち勝つ〈愛の神〉は
わたしを支配し進んで導き行く

そのために自分の抑制が利かなくなっているのだ。
そのせいでわたしは苦しむが、わたしは支配権を得たいと願っている。
というのも自分自身を支配する者は
偉大な王国を統治する者であるようにわたしには思えるゆえ。

わたしは自分を支配することができず
〈愛の神〉がわたしのことを支配する。
だから〈愛の神〉が実際、統治者である。
しかし、わたしには決して考えることができない
〈愛の神〉がもちろん
ただの締めつけられた欲求であるかどうかを。
仮に〈愛の神〉が束縛された欲求であれば
神かけて、貴婦人よ、考慮に入れていただきたい
〈愛の神〉はあからさまに心を占有せず
自然に出てきたようにすることを。
〈愛の神〉は自然の産物であるがゆえに
わたしの苦しみに対してあなたには憐れみを持って欲しい。

自らの苦しみに、ただそれは愛によるものだが、
苦しみが、このように生じたのだとしても
希望を失ったりはしない、逆にそこから歓びを願う。
というのも、遂には荒れた天気は
穏やかな日和《ひより》となるのだから。
それにより、自分の恋する心を慰める。
そして〈愛の神〉が力を行使して、
美しき女《ひと》よ、あなたを愛させるまで、
わたしは願望によく耐えたいと思っている。
だって、人はより満足しなければならない
大きな物事についての意図のみを所有するほうを、
小さな歓びを所有するよりは。

高き所有《しあわせ》、嬉々とした歓びを
わたしは所有している。
ただ、大いなる希望を抱きつつ。
その望みとは、このような性質である、
すなわち、より大きな欲望に対し

益々助けと歓びを与える、
だから、わたしは知っている、不躾《ぶしつけ》にも間違いを犯すことを、
もしわたしが完全な望みをあなたに抱いていないのならば。
〈愛の神〉があなたにあらゆる美しさと
すべての雅さを与えたので。
わたしは確信します、あなたが慈悲の心を持ち合わせていることを。
そのために、わたしは歓び満ちて生きるのだから。

LV　恋の挫折と希望

六年も　わたしは苦しみました、
あなたを愛するゆえに、わが麗しき女《ひと》よ、
わたしは　忠誠を誓ってきました、
あなたに　十分に語り伝えて、
言葉では　言い尽くせぬほども。
まことに代価は高くつきました、
あなたを　愛することは、
愛は　その甘美なる言葉で

かくも　わたしを惑わしたので、
もはや　信じ難いほどでした。
本当に児戯にも劣る
わたしの狂気でした、
水の中に反射して輝く太陽をつかみ、
また、燃え盛る蠟燭の輝きを
握れるものと堅く信じて、
すると、その輝きが素早く
消えて　焔に触れ泣き叫ぶ子供のように。

わたしは　自分の狂気に
気づくのが遅かったけれども、
自らを仕合わせと　思っています、
わたしを　苦しめた災厄を
今まさに逃れんと　しているのですから。
病に罹《かか》った人は
健康を恢復すると、
蒙った苦しみと

大きな悩みを
すべて忘れ去るものゆえ。
ああ、哀れにも、わたしは信じたのです
わが女主人よ、心の底から、
あなたの物腰は
光り輝くサファイアをも凌ぐものと!
今やわたしは　気づきました、
あなたの色彩《いろあい》は　断固として
玻璃《はり》の色であることを、
工匠たちは　作品をいとも巧みに
偽造することができるからです。

希望がこのわたしを裏切り、
多くの過ちを犯させました、
さながら賭け事をした人のように、
賭け事を信じて、
持ち金すべてを失うのです。
今　わたしは知りました、人びとの伝聞を

聞いたことが　証明されたのだと——
つまり、悪い仲間たちから
離れるのを知る人こそは
十分に利益を得たことを。
わたしの身にも起こりました、
恩知らずの悪い債務者に
親切にも　金銭を貸した人には
しばしば　生ずることが。
悪意ある借主のところへ
貸主が　足繁く出向いて行くが、
鐚《びた》一文も　得ることができず、
よって　遂に貸主はそう不平を言います。

エンツォ王　Re Enzo

エンツォは皇帝の実子。年代記作家のサリンベーネは彼のことを rex hencius と書いているが、通常エンツォ王 Re Enzo（ボローニャの習わしと同じく位と名が一緒になっている形）と呼ばれている。一二二〇年ごろ生まれ、一二三八年にピサのウバルド・ディ・ヴィスコンティの妻であったアデラシアと結婚している。その同じ年、サルデーニャ王の称号が与えられた。サリンベーネは、彼が勇敢で知性に溢れ、度胸があり、美男《プルケル・ホモ》、そして卓越した詩人であると賞賛した。ギベリンとグエルフィの闘争で目覚しい働きをした。しかし一二四九年五月二六日、フォッサルタの戦の最中に捕らわれ、いまだ彼の名を冠するボローニャ市の塔に囚人として生涯、詩作を続けながらそこで過ごした。一二七二年三月十四日に死去、サン・ドメニコ教会に葬られたとサリンベーネは語っている。エンツォ王の作品とされるのは二編のカンツォーネである。

LVI　無慈悲なる恋は

もし〈慈悲《ピエタンツァ》〉が
人間の姿で現われるなら、

わたしは　彼女に嘆願しよう、
わが苦しみを　和らげたまえと。
そして　わたしは純粋な心で
考えることにしよう、
嘆願することが　このわたしには有益であると、
もし彼女が慎ましいわが落魄の姿を見るならば。
そして　言おう——哀れな人よ、
わたしは〈慈悲〉を見いだしたいのか？
いな、　わが心はそれを信じはしない、
わたしは　どんな恋する人より
この上なく不幸な者であるから。
〈慈悲〉はわたしに残忍なのを知っている。

〈慈悲《ピエターテ》〉は　わたしには
残酷にして　無情となろう、
その本性に背いて、
わが運命が　証明するように、
そして　〈慈悲《メルツェーデ》〉は激怒しよう、

つれなさに　満ちあふれて。
ああ神よ、わたしの運命とは
仕え続ける淑女《ひと》に　純粋に仕えないこと。
奉仕しても　わたしには見えない
わが歓びが　増大するのを、
むしろ　わが苦悩は
辛すぎて、死ぬほども悲嘆に暮れ、
日に日に　さらに強まっていき、
こうして　わが治癒は遠のいてゆく。

これぞ　わが心に漲る
悲痛な苦悩であり、
わが肢体にまで広まり、
こうして　個々の四肢を圧倒する。
わたしには　安息の日はない、
海の上の　波頭さながらに。
わが心よ、なぜ汝《なれ》はひき離れないのか?
苦悩から逃れて　肉体と別れるがよい、

絶えず苦しみ悩むことより、
一瞬《いっとき》に死ぬのが遥かによいから。
苦悩のなかに生きる人は
生き延びることができないし、
人は歓びも持てないし、
仕合わせ溢れる考えも　浮かばない。

わたしの魂が　考える
これらの　すべての想いは
苦悩と悲嘆であり、
それに伴う　愉しみとてない。
こうして　わたしは多くの苦悩のなかへ
不幸にも投げ込まれて、
わたしの自然の容姿《すがた》は　すべてが
失われて、心は萎えて呻いている。
今や多くの人に　言われるかも知れない―
「彼が死のうとしないのは　なぜなのか、
彼の心は　血を流したのに?」と。

わたしは答える――「心血を流した人は
同時に　その血の流れを止める、
自分のためより、彼女の力を測るために」と。

わたしを殺しも癒しもする
彼女の持つあの力を
わたしは敢えて言葉では言い表せない、
彼女を蔑《さげす》むのを　ひどく怖れるゆえに。
よって　わたしは〈憐憫《ピエタ》〉が
発露するのを　慎ましく懇願して、
彼女のなかに　休息させ、
〈慈悲《メルゼ》〉が　恭しくそれに伴い、
彼女が情け深くあるためにも、
その喜びがあれば、　死ぬことさえも
わたしは　厭わないから。
彼女に真実一路仕えるために、
生きることこそ　わが唯一の歓びであり、
わが身に起こる　その他のためではないゆえに。

LVII　分別ある振る舞いとは

登るときと　降りるときあり、
話すときと　沈黙するときあり、
聞くときと　学ぶときあり、
威嚇を恐れぬ　ときがある。
きみを非難する人に　従うときあり、
多くのことに　備えるときある。
きみを侮辱する人に　復讐するときあり、
見ないふりする　ときもある。
　ゆえに、わたしは賢明で分別ある人と思う、
理性をもって振る舞い、
時間を扱う術《すべ》を　わきまえて、
　人びとを　楽しませ、
自分の振る舞いを　非難できる
理由《わけ》の　何ひとつない人を。

ペルチヴァッレ・ドーリア　Percivalle Doria

ヴァティカン写本で《messer Prezivalle Dore》と呼ばれているこの詩人は名高いジェノヴァのドーリア家に属している。いくつかの都市でポデスタの地位にあり、そのなかにはアヴィニョンもあり、彼がプロヴァンス語で詩作したのもうなずける。スポレート公国マルカ・ダンコーナそしてロマーニャでマンフレーディに仕えていた時、ネーラ川を歩いでわたろうとして溺れ死んだ（一二六四年）。二編のカンツォーネが残っている。

LVIII　〈愛の神〉は心を変えて

早朝に明るく晴れわたって、
その日が見る目に麗しいのは、
小鳥たちが美しい調べで
聞く耳に快い歌を囀るから。
やがて真昼時には　晴天は一転して、
その日の爽快な光景は

雨模様へと変化《へんげ》する。
快晴の日和を歓《よろこ》んで、
確かな足取りで歩む巡礼者が
打ち沈んで苦悩に満たされる。
このように、〈愛の神〉はその力でわたしをあしらった。

実際に、〈愛の神〉はわたしをこのように扱い、
楽しげに、彼は最初にいとも高貴な淑女《ひと》の
慰めとあらゆる美徳を　わたしに示したのに。
すると理由《わけ》もなく、〈愛の神〉は心を変えた。
わたしは一生涯ずっと褒《ほ》め称えられ、
彼女から大きな至福を享けて
意気揚々となるのを信じていたのに、
あの淑女《ひと》はヒヤシンスやエメラルドをも凌《しの》いで、
わたしは陶酔するほどの美貌の持ち主である。
今こそよく知ったのだ――暮れなずむ前に昼を
褒める者こそ　大きな過ちを犯すことを。

美しい容貌《かお》して、瑕疵《きず》一つないあなたのお蔭で、
わが貴婦人《マドンナ》よ、その美貌にわが心はいたく魅せられ、
その優雅さにわが心は強く捉われて離れずに、
その美麗な姿に　わが心は夢中になった。
何故《なぜ》にかくも傲慢に振る舞われるのか、
おお、至福に満ちた気高き淑女《ひと》よ？
実際に、貴婦人にふさわしく、
愛を示して　かくも忠実なる愛の奉仕者を
心の動揺に陥れたのを　考えてみれば、
子供さながら　貴女《あなた》は与えては取り上げるのです。

LIX　〈愛の神〉はわたしの心を奪い

〈愛の神〉はわたしの心を奪い
わたしは　誰もいない波高き海の
なすがまま
〈愛の神〉の支配を非難することが
きちんとできるようにわたしには思われる。

ある婦人にわたしを
仕えさせることにおいて
その支配はわたしを困惑させた
その婦人はわたしに会いたくもなく
わたしと話もしたがらない。
それゆえ　こんなにも酷《ひど》く嘆き
こころ痛めているのだ、
だから、こんなふうにずっとしていて、
むなしく痛々しい視線を
彼女にむけては、わたしはすっかり
疲れ果ててしまうだろう。

〈愛の神〉は過ちと不正を犯した
わたしをもっとも美しきひとに
目を向けさせたときに、
そのひとはわたしを落胆させた
これから幸せになろうというときに
わたしには　たいへん冷酷でよからぬことであるが、

そうであっても　彼女《あのひと》を愛することを
やめはしない、ああ　何ということか、
かくも　高ぶる気持ちがわたしを急きたてる
いつもよりも大いに
このように心から彼女を求め望む
〈愛の神〉はわたしを　釣り針に掛かった魚のようにとらえた。

わたしはそんな女《ひと》に心酔してしまった
そのひとはわたしを全く愛していない
が、その女に常にわたしは忠実だ。
献身も　心から彼女を愛することも
わたしには　相応しくはない
だから　わたしは（再び愛されるのを）待っている。
それというのも　わたしは最高の女性《ひと》の下僕《しもべ》であり、
愛することで　わたしは
報いられよう

……
……

この奉仕がわたしに益をもたらさなければ
わたしは　きっと苦しみで命尽きてしまうにちがいない。

フィリッポ・ダ・メッシーナ　Filippo da Messina

メッシーナ生まれ（？）の詩人。詳細は不明。この詩人の作であるとされる詩は一編のみ残る。

LX　愛の痛手

おお、主なる神よ、何と致命的な瞬間であったことか
君よ、君の瞳をみつめたその時、ああ！
わたしはこんなにも打ち負かされ、あなたの愛によって痛手をうけた
だから　君のために他の女への愛をすぱりと捨てたのさ。
わたしの苦しみは一瞬《ひととき》たりとも止まず、
君よ、わたしは君に服従する
わたしは針の先ほども　自分のものではない
もし君が　わたしを軽蔑すれば、わたしは必ず惨めに果てるだろう。
わたしは自分のものでなく君のものだから、わが至醇の愛よ、

エレナ[14]がパリス[15]をとらえたように、君はわたしをとらえ
イゾルデがトリスタンを愛したように
わたしは君を愛し、わたしの苦しみは続く
おお、五月に花ひらく瑞々しき薔薇よ
君にお恵みを願うよ　わが傷を癒しておくれと。

14　《ギ神》ヘレネーのこと。スパルタ王メネラオスの妻であったがトロイアの王子パリスにさらわれてトロイア戦争の原因となった美女。
15　トロイア王プリアモスの子でヘクトルの弟。アプロディーテに命じられてヘレネーを誘拐した。

コンパニェット・ダ・プラート　Compagneto da Prato

おそらくはトスカーナ出身でフェデリコ帝の宮廷道化であった。二編の詩が残る。

LXI　むごい良人《おっと》ゆえの心移りが

わたしは悪い良人《おっと》をもつため、
愛がわが心に忍び込んで、
良人とは不幸を託《かこ》つゆえに、
大きな慰めと至福に浸っている。
彼の苛酷な仕打ちにも拘《かか》わらず、
恋に囚われようとは
つゆ考えもしなかった。
わたしは誠実な恋人に傅《かしず》かれ、
いとも陽気に暮らしている。

「嫉妬深い良人よ、あなたはわたしを殴《なぐ》りました。
わたしに苦痛を与えるのが　あなたの歓びです。
だが、わたしを痛めつけるほどに、
彼《か》の人へのわたしの情愛はより膨らみます。
あなたはふたりには　愛の絆もないような
男性《ひと》を愛すると言っては　わたしをお責めになります。
でも、あなたが彼の名を名指しされたので、
わたしは彼と恋に陥ったのです。
あなたこそ自らに大きな損失を創り出したのです。

わたしの愛は　このわたしを迷わせます、
誠実な心で　彼の人を愛するのかと疑って、
良人に虐待されていたゆえに、
彼はわたしを手に入れたのですから。
わたしの悪い良人への怒りゆえに、
わたしを手に入れて、愛の所為《せい》ではないからです。
だが、わたしを手に入れてからは、
あなたの優しさが　心に沁みわたり、

わたしの苦しみは　楽しみに変わりました。

わたしの恋の下僕《しもべ》よ、わたしは大声で嘆きます、
隣人に一人の老婆がいることを。
彼女はわたしがあなたを愛するのに気づいて、
中傷するのをやめないのです。
彼女は　怒りを爆発させ、
あなたゆえに、わたしを窘《たしな》めました。
そして、わたしが結婚した良人《おっと》より、
彼女はより大きな苦痛で苛みます。
よって　わたしは少しも安らぎを持てません。

「わが貴婦人よ、あなたの名誉にかけて、
老婆は誰も信じないでください、
彼女らは恋とは相容れず　敵対する種族《やから》ですから、
よって、人びとは彼女らを信頼してはいけません、
老婆らは悪い人びとですから。
あなたは惑わされてなりません、

われわれの優雅で気高い愛は
老婆らに　貶められることはありません。
主なる神よ、彼女らを劫火へ投げ込みたまえ！」

その麗人は言う「神かけて、
わたしは忠実にお誓いします、
これによって　あなたへの真《まこと》の愛を
断念する謂《いわ》れとはなりません。
でも、わたしが自分の不遇を
嘆いたからと言って、
わたしが新たな愛を心に抱くなど、
ご心配しないでください、
あなたの喜ぶことを一途に努めますので。」

〈付〉 宗教詩讃歌《ラウダ》及び清新体派の詩篇より

アッシジの聖フランチェスコ　(San Francesco d'Assisi)　(一一八二—一二二六)

アッシジの聖フランチェスコほど皆に愛されるキリスト教の聖人は少ない。彼は晩年に詠んだ「被造物の讃歌」では、宇宙万物に神の全能、全知、全善を見て、清貧を唱えて、童心をいつも持ち、無心の太陽、月、海、星、小鳥、獣から人間に至るあらゆる被造物に「兄弟姉妹よ、主を讃美して、これに感謝して奉仕せよ」と呼びかけ、清貧と平和を心より愛し、燃えるような兄弟愛で温かくすべてを抱擁している。

彼は裕福な織物商人の子として、イタリア中部のアッシジで父ピエトロ・ディ・ベルナルドーネと南フランス人の母ジョヴァンナの長男として生まれ、フランス贔屓の父によって、〝小さいフランス人〟を意味する「フランチェスコ」と命名された。彼は豪商の息子として何不自由なく青春を謳歌し、酒、友、吟遊詩人の詩を愛し、騎士を夢見る多感な日々を送ったとされる。しかし、大病を機に、篤い宗教感情に目覚めて、現世の富の虚しさを覚えて、両親の反対に抗って、私財をすべて投げ捨て、清貧に徹した修道生活に身を捧げた。こうして、彼の尽きせぬ神と自然と隣人への愛の説教は多くの民衆の心を捉えて、多くの信徒を集めた。一二〇九年には「小さき兄弟会」の設立を教皇インノケンティウス三世によって認められた。そして、彼の死の三年前に教皇ホノリウス三世により、フランチェスコ修道会は新宗派として公式に承認されたのである。

彼は南フランス人の母から篤い信心と楽人の心を受け継ぎ、掘っ立て小屋の重病の床で讃歌（ラウダ）「被造物の讃歌または太陽の歌」をみごとに謳い上げ、創造主を讃美し、諸元素と野獣、そして死さえも造物主の恩寵の行為であるとウンブリア方言で称讃した正に「神の吟遊詩人」であった。この意味に於いてもこの讃歌はイタリア文学史の劈頭を飾る不滅の傑作とされる。

I　被造物の讃歌（または兄弟なる太陽の歌）

いと高きにある、全能なる善き主よ、
称讃と栄光、誉れとなべての祝福は御身《おんみ》のものなり。
御身こそ、いと高き者よ、それらにふさわしく、
人は誰ひとり　御身の名を呼ぶさえ値しない。
讃えられよ、わが主よ、御身のなべての被造物ゆえ、
ことにも　兄弟なる〈太陽〉のために、
太陽は昼をもたらし、御身は太陽によりわれらを明るく照らす。

太陽は美しく、燦々《さんさん》と照り輝いている。
いと高き者よ、太陽こそは御身の証しなれば。

讃えられよ、わが主よ、姉妹なる〈月〉と〈星〉のために、
御身は天上に月と星を　明るく、気高く、美しく創造された。

讃えられよ、わが主よ、兄弟なる〈風〉と
〈空気〉、〈曇天〉と〈晴天〉となべての天候のために。
その天候により御身は汝《なれ》の被造物を支えておられるゆえ。

讃えられよ、わが主よ、姉妹なる〈水〉のために、
〈水〉はじつに有益で慎ましく、尊く清らかなればなり。

讃えられよ、わが主よ、兄弟なる〈火〉のために、
〈火〉により　夜は明るく照らされる。
〈火〉は美しく陽気で、逞しく力強くあるゆえに。

讃えられよ、わが主よ、姉妹なるわれらが母なる〈大地〉のために、

〈大地〉はわれらが糧《かて》を支えて養い育て、
色鮮やかな花々と草木とあまたの果実を稔らすゆえに。

讃えられよ、わが主よ、愛もて赦す人びとが、
病気と苦難に耐える人びとを励ますゆえに。

平和のうちに生きる人びとは幸いである、
御身は、いと高き者よ、彼らに王冠を授けられゆえに。

讃えられよ、わが主よ、われらが姉妹なる〈肉体の死〉のために、
その〈死〉から　生きている人間は逃れられないゆえに。
大罪のなかで死ぬる人びとは災いであり、
御身のいと聖《きよ》き意志のうちにいる人は幸いなり、
第二の死にも損なわれないゆえに。

わが主を褒め称えて祝福し、主に感謝せよ、
そして、慎ましくわが主に仕え給わんことを。

ヤコポーネ・ダ・トーディ　Jacopone da Todi（一二三六—一三〇六）

ウンブリアの小都市トーディで裕福な貴族の家系に生まれた。若い頃は社交界でかなり放縦な波乱に富む生活を送ったとされる。しかし、彼の妻の非業の死を契機に回心し、聖フランチェスコの小さき兄弟の会に入会し修道僧となる。彼は教会の堕落と、教皇ボニファチオ八世の世俗政策に反抗して、一二九八年から四年間投獄されたこともある。彼はいわゆる讃歌（ラウダ）の完成者として、伝存する讃歌は一〇二篇にものぼると言われる。彼は宗教詩人として主に現世蔑視・神秘的陶酔・悪の糾弾をテーマに強烈な個性を示して、清新体派とは対照的に熾烈な神秘的愛を歌っている。以下に挙げた宗教音楽で有名な『スターバト・マーテル』の作詞者としても知られる。

II　聖母の嘆き

使者　天国の聖母よ、
あなたの御子は捕われました、祝福されしイエス・キリストが。
さあ、御母《みはは》よ　群衆が彼を鞭打つのをご覧ください！

彼はきっと殺されます　彼らはひどく打っています。

聖母　何も罪を犯さずに　これは何ゆえですか、
わが希望なるキリストよ、誰が彼を捕らえたのですか？

使者　御母よ、彼は裏切られたのですーユダが売り渡しました、
彼は三〇デナリア[16]を手にしました。大安売りをしたのです。

聖母　援《たす》けて、マグダレーナよ、心痛《くるしみ》が襲います！
わが子キリストが曳かれていきます、予言されたごとくに。

使者　御母《みはは》よ、どうかお助けください！　あなたの息子へ唾《つば》を吐いて、
群衆が追い立てます。彼らは総督ピラトに彼の身を引き渡しました。

聖母　おおピラトよ、わが息子を苦しませないでほしい。
彼がいかに不当に告発されたか　わたしはあなたに証明できるのですから。

16　古代ローマのディナーロ銀貨。

群衆　磔刑にせよ、磔刑に！　自らを王と称する者は
　　　われらが律法に従い、元老院に抗《あらが》うことゆえに。

聖母　どうか皆はお聞きください、わが悲しみを想いください、
　　　今や　あなた方は不安に慄《おのの》き始めることでしょう。

使者　彼らは御子の道づれに　盗賊らを引きつれています。

群衆　彼に荆《いばら》の冠を戴かせよ！　自らを王と名乗るのだから。

聖母　おお、息子よ、息子よ、息子よ！　やさしいユリよ、
　　　息子よ、誰が悩めるわが心に　救いを与えてくださるのか？
　　　息子よ、喜ばしい眸よ、息子よ、なぜ答えてくれないのか？
　　　息子よ、なぜ母乳《ちち》をふくませたわが胸から　あなたは隠れるのですか？

使者　御母よ、群衆が運ぶ十字架をご覧ください、

そこには　真実の光が掲げられるはずです。

聖母　ああ十字架とは、あなたはどうなさるの？　わが子を連れていかれるの？

して、彼にいかなる責めを負わせようとするの、自らに罪のない人に？

使者　おお、お助けを、悲しみに満ちた御母《みはは》よ、あなたの息子は裸にされて、

群衆は御子が十字架に釘づけされるのを望んでいるようです。

聖母　もし彼らが衣服を剝《は》ぐなら、ご覧に入れて

その残忍な負傷《きず》が　身体中を赤く血で染めたさまを。

使者　御母よ、彼の手は捉えられて　十字架の上に伸ばされました。

十字架は釘で射抜かれて、彼らは手を張りつけました。

もう一方の手も捉えられて　十字架の上に伸びています、

苦痛《いたみ》が燃えさかり、さらに増幅してゆきます。

御母よ、御子の足は捉えられて　板に釘づけにされます。

関節はすべて外れて　彼らはかくもひどく苛みます。

聖母　そして、わたしは嘆き始めましょう。息子よ、わが慰めよ、
息子よ、誰があなたを死罪にされたのですか、わが優しい息子よ？
わたしの心臓を抜き出してほしかったのに、
あなたが十字架の上で　引き裂かれるよりも。

キリスト　母君《ははぎみ》、ああ、なぜ参られたのですか？　わたしに致命傷を与えます、
あなたが悲嘆に暮れるのをみると、わたしは意気消沈いたします。

聖母　息子よ、道理です、息子よ、父にして夫よ、
息子よ、誰が傷つけたのですか？　息子よ、誰が衣服を剝いだのですか？

キリスト　母君、なぜ嘆かれるのですか？　あなたは居残って、
わたしが世界中で得た同志たちを　看《み》てやってほしいのです。

聖母　息子よ、そうおっしゃらないで。あなたと共に死にたいのです、

ここを去りたくはありません、しばし息を引き取るまでは。
わたしは一つの墓に葬ってほしい、不幸な母の息子よ！
母と息子は苦悩にうち拉《ひし》がれています。

キリスト
母君よ、心悩んで、わが選びし者ヨハネの
掌中にあなたを委ねます。彼をあなたの息子と呼んでください。
ヨハネよ、このわが母君を　愛もて崇めてほしい。
憐れみを垂れたまえ、その心は刺し抜かれたがゆえに。

聖母
わが息子よ、あなたの魂は消え去って、途方に暮れた女の息子よ、
生命《いのち》なき女の息子よ、毒殺された息子よ！
白くして赤い息子よ、比類なき息子よ、
息子よ、母は誰を頼りにするのか　息子よ、わたしは置き去りにされて？
白くして金髪の息子よ、陽気な顔《かんばせ》の息子よ、

息子よ、なぜに世間は、息子よ、かくもあなたを蔑《さげす》まれたのですか？
やさしく魅力あるわが息子よ、悲嘆する女の息子よ、
息子よ、群衆はあなたを悪しざまに仕向けたのです。

おおヨハネよ、新たなる息子よ、あなたの兄弟は亡くなりました。
わたしは預言された刃《やいば》を感じました、

むごい死に捉えられて、息子とその母を殺した刃を。
ふたりは抱き合っていました、母と息子は強く抱き合って。

III

神の言葉の托身について

キリストは汚れなき肉体を纏って世に生まれた。
今や人間の本性《さが》を歓びたまえ。

人間の本性よ、汝《なれ》はひどく黒ずんで、
枯れた干し草となってしまった！

が、汝の花婿は汝を蘇らせたのだ！
今や、かかる恋人に恩を忘れてはならない。

かかる恋人は汚れなき花で、
処女の野原に生まれおちた。
彼は人類のユリ、
その花は甘美で完璧なる馨りを放つ。

彼は神の馨りを　天上からもたらした、
彼が植えられた　あの庭園から。
この神は花々の一対《いっつい》となる
祝福された御父《おんちち》から送られた。

彼はナザレの花と呼ばれて、
エッサイの聖処女の胎《はら》に宿ることを望んだ。
花々の季節に　成長することを願って、
自らの大いなる愛を　確かめるために。

大いなる愛と無限の慈悲を
わが生命《いのち》なるキリストは　わたしに示された。
彼はその神性と共に人間の本性《さが》を帯びられた。
これは大いなる歓喜と名誉をわたしに与える。

慎ましく栄誉を受くるのを望まれた。
恭しく民衆を近くに呼び寄せ、
道や町は再びにぎわい、
皆が彼を主と崇拝する。

主は大きな尊敬の念で崇められ、
やがて、厳罰で断罪された。
大衆は思慮なく　心変わりして、
愚鈍さゆえに　汝らは過ちを犯す。

汝らは真理に叛《そむ》いて　その過ちを受け入れて、
彼を罵り、鞭打ちで身体《にく》を紫にしたときに。
赤い薔薇は　刑罰により

愛ゆえにこそ　その色を変えたのだ。

彼が持つ美しさの自然の色は
鞭打ちで　恐ろしい蒼白さを帯びた。
彼はその苦痛にやさしく耐えて、
彼の偉大な価値を　貶《おとし》めた。

その強力な価値は　蔑《さげす》まれて、
あの芳しい花は　足で踏みにじられ、
刺す荊《いばら》で　すべてが囲まれ、
あの偉大な輝きは覆い隠された。

どんな闇をも明るく照らす輝きは
つらい苦痛《いたみ》に暗く翳《かげ》って、
彼の光は花苑《はなぞの》の墓地のなかで
真っ暗闇へと変わった。

その花は安置されて、横臥し眠っていたが、

直ちに立ち上がり復活された、
祝福された肉体と汚れなき復活《レフィオリオ》は
こうして、大きな輝きを帯び現われた。

心地よき輝きは　その死を思い悲嘆する
園のマグダレーナに現われた。
こよなく悼む彼女に慰めを与えて、
彼女の優しい心を　大いなる歓びで満たした。

彼女の心はその兄弟らを慰め、
多くの新しい花々を蘇らせ、
彼らと共にその園に留まる、
愛を歌う仔羊らを伴って。

愛により　あなたは信じないトマス[17]を改心させ、
あなたの芳《かぐわ》しい花を彼らに示したとき、
おお、肉体をもつ薔薇よ。
よって、トマスは抑えきれず激しく哭《な》いた。

彼は愛の熱意に酔いしれて、
歓喜の心は陽気に浮き立った。
彼が栄光の御身《おんみ》に見とれていたとき、
彼は叫んだ―わが主よ、わが神よ！

栄光の主よ、御身は天上へ昇られた、
天使らの朗々たる声にあわせて。
御身は勝利の印と共に御父のもとへ還《かえ》られて、
栄光の座に再び座られたのだ。

御身は真実の下僕らに名誉を与えられ、
御身の追随者らへ真の道を示された。
御身は追随者らが完全なる熱意で
燃え盛るようにと　精霊を送られた。

17　イエスの復活を信じなかったトマス　cf.「ヨハネによる福音書」20：24―29

IV

悲しみの聖母への祈り

御母《みはは》は佇みたまいぬ、悲しみにくれて、
十字架の傍らで　涙にぬれて、
御子《みこ》が架けられている間に。

嘆き悲しみ
悩み苦しむその魂を
剣《つるぎ》が刺し貫いた。

ああ、なんと悲しく、憔悴したことか、
あれほども　祝福された
神のひとり子の　御母《みはは》は！

そして悲しみ、嘆いていた、
敬虔なる御母は、わが子が
罰を受けるのを　見ているときに。

涙せぬ人がいようか、
キリストの御母が、
かくにも　哀願する姿を見て？

悲しみを堪えぬ人がいようか、
キリストの御母が　御子と共に
嘆いているのを　見つめて？

（御母は）その民の罪のため、
イエスが拷問に晒《さら》され、
鞭で打たれるのを見た。

その愛しい御子が
見捨てられ　寂しく死んで、
息絶えていくのを見た。

さあ！　御母よ、愛の泉よ、

わたしにも　その溢れる悲しみを感じさせ、
あなたと共に悲しませてください。
わたしの心を燃え立たせてください、
神なるキリストを愛することで、
その御心《みこころ》に適《かな》いますよう。

聖なる御母よ、願わくは、
磔刑にされた御子の傷を
わが心にしかと刻みください。

あなたの傷つけられた御子の、
かくもかたじけなく、わたしのため耐え忍んだ
その傷をわたしに　お分けください。

あなたと共に心から泣いて、
十字架の苦痛《いたみ》を　いたく感じさせてください、
このわたしが　生きているかぎり。

わたしは十字架の傍らに立ち、
あなたと共に　声高に嘆き
悲しむことを望みます。

光輝満ちたる　乙女のなかの乙女よ、
今やこのわたしを厭わずに、
あなたと共に嘆かせてください。

キリストの死を　わたしに負わせて、
その受難の　運命共同体として、
その傷を　思い至らしめください。

その傷痕で　わたしを傷つけ、
十字架に　思いを馳《は》せて、
御子の血に　しとど浸してください。

焔で燃やされ　焼け焦げないように、
乙女よ、わたしをお守りください

最後の審判の日には。
キリストよ、わたしがこの世を去るとき、
御母により　このわたしを
勝利の栄冠に　至らしめください。

肉体が滅び去るとき、
魂に　天国の栄光が
与えられますように。

アーメン。

グィード・グイニツェッリ　Guido Guinizelli（c. 一二三五—一二七六）

ボローニャ出身の詩人で、また同市の裁判官を務めた。政争による皇帝派の敗北で追放され、一二七四年に亡命先で客死した。初期の詩篇は南仏プロヴァンスのトルバドゥールの模倣に過ぎなかったが、後にその詩は内容的に深まり、カヴァルカンティやダンテらによって確立された清新体派の基礎を築いてその先駆者となった。とりわけ、愛と精神の高貴さとの一致を詠ったカンツォーネ「愛はつねに気高き心へ向かう」'Al cor gentil rempaira sempre amore' が名高い。ダンテは「わが父」と称えた。また、『神曲』の「煉獄篇」第二六歌にも登場する。

V　愛はつねに気高き心へ

愛はつねに気高き心へ向かう、
小鳥が森の緑陰へ帰るように。
〈自然〉は愛を気高き心の前にも、
気高き心を、愛の前にも創らなかった—
さながら太陽が姿を現わすや、

黄金の輝きは光を放ち
太陽の前には光り輝かぬように。
かくて愛は気高き心へ向かう、
いとも自然に
熱は焰の輝きに宿るように。

愛の炎は気高き心に燃えたつ、
宝石に輝く力のように、
が、力は星辰《ほし》から降り注がない、
太陽が高貴なるものとするまでは。
太陽がその力で無益なものを
処理したあとで、
星辰がそれに優れた力を与えるから。
かくして、〈自然〉が心を
増大させ、純粋で、高貴なものにすると、
貴婦人こそ、星辰のごとくに、その心は愛情に満たされる。
それゆえに、愛は気高き心に宿る、

焰が松明の頂点に灯るように。
愛は愉快に、清らに、そこで仄かに輝いている。
これしか方法とてなく、愛はかくも誇りたかい。
こうして　邪悪な本性は
愛を妨げる、水が熱い火を
その冷気で妨げるように。
愛は自らその場として
気高き心を住み処《か》にする、
ダイヤモンドが鉄鉱石に宿るように。

太陽は泥を日なが一日打ちつける、
泥は尚も邪悪にして、太陽もその熱を失わない。
不遜な人はいう――「わたしは家柄が高貴である」と。
かかる人は泥と、真の高貴さは太陽と譬えもしよう。
真の高貴さが心の外に、
美徳へ向かう気高き心を持たなければ、
世継ぎの身分に存在すると
思う人は誰ひとりいないゆえに。

さながら水が光を反射して、
天上界は星辰《ほし》とその輝きを保つように。

太陽がわれらの眼に眩しく輝くよりも、
造物主の神[18]は天上界の知性[19]に光り輝く
天使は天上界の遥か彼方に造物主を認める。
すると、天球を飛翔し、天使は神意にしたがう。
そして、正義の神の聖なる意志の
完遂がその瞬間に起こる。
このように、貴婦人は高貴な男性《ひと》の
眼に輝くと、
唯一途にその命令にしたがう
欲望を与えねばならない。

貴婦人よ、わが魂が神の前にあるとき、
神はわたしに尋ねよう、「汝《なれ》は何を思い煩うか?
汝は天上界を通り過ぎて、遂にわがもとへ辿りつき、
汝は虚しい愛の光でこのわたしを貶めた」と。

讃美はわたしひとりと
天の王国の女王[20]が受くべきもの、
この二人ですべての讃美は終わる」
わたしは神に答えよう——「あのお方はあなたの王国
の天使とも見まがうお容貌《すがた》です。
わたしはあの方に愛を寄せるのは過ちではなかった」と。

18　lintelligenza primo「第一の知性＝神」
19　Intelligenza divine「聖なる知性＝天使」
20　聖母マリアを示す。

グィード・カヴァルカンティ　Guido Cavalcanti（c. 一二五八—一三〇〇）

中世の自治都市国家フィレンツェの教皇派《グエルフィ》に属する名門貴族の家系の出で、対立する皇帝派《ギベッリーニ》との間の熾烈な党派間抗争の渦中にその生涯を送った。一三〇〇年に市長老会によって追放されるが、病のため特赦されて帰国して、間もなく没した。いわゆる清新体派の代表的な詩人で、若いダンテを見出し、彼の著『新生』を捧げられた。清新体派の中心主題である「愛」をアヴェロイス哲学に依拠して知的に分析して、不条理な情念としての愛を詠った。ソネット、バッラータなど作品五二篇が伝存する。その中でも「初咲きの瑞々しい花薔薇」'Fresco rosa novella' やカンツォーネ「ある婦人《ドンナ》が請うゆえに」'Donna me prega,' 等が特に有名である。また、この詩人は同時代の年代記作者コンパーニのみならず、十四世紀のイタリアの小説家フランコ・サッケッティの『短編小説集』やボッカッチョの『デカメロン』にも登場する。

VI　天使の姿にも似て

初咲きの瑞々《みずみず》しい花薔薇《はなそうび》、
心地よき〈春の女神《プリマヴェーラ》〉[21]は、

牧場や小川をとうして
陽気に歌っている、
わたしはあなたの雅な徳性《とく》を　緑なす万物へ薦《すす》めよう。

あなたの雅な威徳が
歓喜のうちに新たに讃美されてほしい、
至るところで、
老いも若きもすべての人びとによって。
小鳥たちも囀ってほしい、
おのがじし　その言葉もて、
朝な夕なに、
緑の小枝のうえで。
全世界が歌ってほしい、
今まさにいつものように、
〈春の女神〉が訪れたれば、
あなたの優れた気高さを。

21　〈春の女神《プリマヴェーラ》〉とはダンテがカヴァルカンティの愛する貴婦人を言及した措辞。

貴婦人よ、天使の似姿が
あなたには　宿っています。
ああ、なんと幸せなことか、
わたしの憧憬《あこがれ》は！
あなたの歓喜の容貌《かんばせ》は、
自然《じねん》や慣習《ならわし》を遥かにしのぎ、
それはまことに奇蹟です。
ご婦人方はあなたを女神と、ひそかに
噂しますが、まさに女神そのものです。
あなたは余りにも美し過ぎて、
わたしは話す術《すべ》さえ知りません。
誰が自然を超えて考えられましょうか?
人間の本性《さが》を超え、
神はあなたの優美な美貌を
創られました、
あなたの本質で至高の貴婦人となるように。
よって、あなたの尊顔《おかお》を

わたしから遠ざけないでください。
あなたの甘美な天佑の恵みが
わたしを酷くあしらわないでほしい。
あなたを一途に愛することが
度が過ぎると思えても、
わたしを責めないでください。
〈愛の神〉だけが　このわたしを駆り立てるので、
いかに頑なに抗《あらが》っても　無益ですゆえ。

シチリア派素描

十三世紀の終わりごろ、トスカーナ地方では特定の主題・韻律・統一言語を基準として抒情詩の様式が確立していた。この基準こそシチリア派と呼ばれる一群の詩人がトルバドゥールの詩の言語をイタリア（特にシチリア）の俗語に移植し形成したものに他ならない。プロヴァンスの抒情詩に着想を得てイタリア半島で俗語をはじめて「恋愛抒情詩」に用いたのは実にシチリア派の人びとであった。シチリア派抒情詩が産声をあげたのはズヴェーヴィア朝（ホーヘンシュタウフェン朝）の皇帝フェデリコ二世の宮廷「マグナ・クーリア」'Magna Curia'であった。ただ、この宮廷は一所に留まることはなく、様々な場所を転々としていた。広大な領土をより円滑に統治するための方策であったらしい。しかしながらフェデリコ帝はたいていシチリアにいたこともあり、政治的中心地としてだけではなく、帝国の文化の中心地ともなっていた。彼はすべての権力を独占し、強大な政治・司法・行政の一本化を求めた。政治分野のみならず、文化的側面でも世俗化を図り、学問を推奨するなどして、教会と対立した。当時の共通言語・国際語であったラテン語の研究再興を支援し、帝の秘書であったピエール・デッラ・ヴィーニャによってまとめられた。さらに王立ナポリ大学やサレルノ医学校を創立し、学問水準の引き上げに貢献した。いわゆる十二世紀ルネサンスの一翼を担っていたのがこのマグナ・クーリアである。

フェデリコ帝の父はドイツ人、母はノルマン人であり、一二二〇年にイタリアに戻った時にはプロヴァンス詩人、ギリシア人やアラビア人の学者らに囲まれていた。まさにフェデリコ帝の特徴である「混合文化」は彼の生い立ちとおかれた環境に起因するものであろう。もっぱらシチリアに本拠地としていたが、ドイツ語、フランス語、プロヴァンス語に加え、ラテン語の知識は相当なもので『鷹狩りの書』*De Arte Venandi cum Avibus* を著しており、その他にアラビア語、ギリシア語、土俗のシチリア語に堪能であったと伝えられている。同時代のイギリスの年代紀作家マシュー・パリスによって彼が「この世の驚異」'Stupor Mundi' と呼ばれる所以である。

手本になっているプロヴァンスの詩人たちとシチリア派の詩人たちはどこが違うのか。プロヴァンスの詩人たちはその出身は様々で極貧騎士・末端貴族・ジョングルールなどであった。ところがシチリア派の詩人たちは宮廷で法律あるいは行政にかかわる判事や公証人で、しばしば 'messer' が付いている中産階級で、職業詩人ではない。またシチリア派の詩人は旋律《メロディー》を付けたりせず、詩を音楽に合わせたりしない。彼らの詩は歌われるためでなく、むしろ「読まれる」ことを目的として作られている。この点で、大きな影響を受けつつも、プロヴァンス詩の伝統とは決定的に異なるところであろう。

シチリア派の詩の主要なテーマは、貴婦人からの報酬を期待しつつ愛の奉仕を申し出るという、トルバドゥールから借りてきたいわゆる封建的な愛の主従関係である。しかしながらシチリア派の詩人が生きていた社会は封建的ではなく宮廷的であって、それにより家臣と貴婦人の「恋愛関係」について、というよりはむしろ「愛そのもの」について強調されることの説明になる。であるから事実であるとか具体性は極めて乏しい。その一方で、愛についての現象学的な考察などがなされ、心理的内省や恋愛経験を理知化する過程を通して学問的探求の側面、時間や物質的特質の究明へと向う傾向にある。これはマグナ・クーリアにおいて普及していた哲学的、自然科学的嗜好を反映しているものと思われる。

韻律自体はトルバドゥール詩のものを借り受けて発達したもので、その後のイタリア抒情詩の基盤となっている。大まかに三種類の韻律が用いられている。すなわちカンツォーネ *canzone*、カンツォネッタ *canzonetta*、そしてソネット *sonetto* である。カンツォーネはプロヴァンスのカンソ *canso* に由来し、抒情詩のうちで最も高雅として知られる形式で、一行十一音節あるいは七音節で形成されている。カンツォネッタは叙述・対話に用いられる形式であり、それゆえ然程高貴でない事柄を扱う。一行が非常に短いものが多く七音節から九音節、また七音節が二度繰り返されるものである。チエロ・ダルカモの応答詩 *Contrasto*、レンティーニの *Meravigliosamente* などが挙げられる。ソネット形式はシチリア派の代表であるジャコモ・ダ・レンティーニによって初めて用いられた。おそらくカンツォーネのスタンザから発達したものと考えられ、最初の八行 *piedi* と後の六行 *volte* からなり、十四行すべて十一音節となっている。扱う主題は対話、恋愛、哲学、論理、道徳と多岐にわたる。

今われわれの手元に残るシチリア派抒情詩写本は、トスカーナ方言で筆写する写字生によって写されており、元のシチリア方言は「トスカーナ方言化」（toscanizzato）されて伝わっている。原形に近い言語で書かれていると考えられているものにエンツォ王およびステファノ・プロトノターロの数編の詩がある。しかしながらシチリア派が用いた言語はおよそ既に洗練されたものであったと考えられ、共通書記言語的な性質を帯びていたであろう。それは前述した通りシチリア方言を土台としてトルバドゥール詩の言語を取り込みながら、文語であるラテン語で用いられる文体を混ぜて作られたいわば人工的な言語である。シチリア派にとり重要な写本は以下の三写本である。すなわち、トスカーナのラウレンツィアーノ・ランディーノ九写本Laurenziano Randino, MS 9（フィレンツェ、メディチェオ・ラウレンツィアーナ図書館）とバンコ・ラーリ二一七写本 Banco Rari, MS 217（フィレンツェ、国立中央図書館。すでにデジタル化されている。http://www.bncf.firenze.sbn.it/Bib_digitale/Manoscritti/b_r_217/main.htm）、そしてヴァティカンのヴァティカーノ・ラティーノ三七九三写本 Vaticano Latino, MS 3793（ヴァティカン図書館）。とりわけヴァティカーノ・ラティーノ写本には膨大な数の作品が収められており、シチリア派からトスカーナ派へと至る連続性を示唆し、さらには清新体のグイニツェッリやダンテをも含んでいる。

さて、シチリア派の詩は非常に影響力があり、清新体派詩人以前の詩人たちはみな、活動の場がトスカーナであろうが北イタリアであろうが、シチリアの人びとと呼ばれていた。ダンテも『俗語詩論』の中で、それまで詩作を行ってきたすべてのイタリア人を「シチリアの人びと」と呼んでいたと述べている。今日シチリア派といえば一二三〇年ごろから一二六六年まで活躍していた約二五人の詩人たちを指すことになっている。本当の意味でシチリア派が盛んに詩作していた時期はさらに短く、一二三〇年から一二五〇年までの約二十年といったところだ。その短命は、まさに夜明けに現れ、たちまちにして消えて行く明星のごとくであった。シチリア派の詩人がフェデリコ帝の宮廷と深い関係にあり、その趨勢の影響を受けていた事実の現れに他ならない。始まりはトルバドゥールの真似事であり、過度の技巧《マニエリスム》に走ったきらいがあったかもしれない。しかしその言語芸術の様式は確実にトスカーナ派と呼ばれる人びとに引き継がれ、やがて新清体の一派を生み出すに至った。この一点のみにおいてもシチリア派の詩歌のもつ意味は大きいのである。

訳者あとがき

この詞華集を編むに際して、その底本として Roberto Antonelli（ed.）*I Poeti Della Scuola Siciliana* Vol. i. *Giacomo da Lentini*, Vol. ii. *Poeti della corte di Federico II*, 及び Rosario Coluccia（ed.）Vol. iii. *Poeti siculo-toscani*,（i Meridiani Arnordo Mondatori Editore, Milano, 2009 第二版）の三巻本に依拠して、訳者が各自その好みに応じて随意に詩篇を選択し翻訳を試みた。また同時に F. Jensen（ed.& tr.）*The Poetry of the Sicilian School*（Garland Publishing, Inc. 1986）と、その他巻末に挙げた文献抄を適宜参照した。

イタリア俗語文学の嚆矢とされるいわゆる「シチリア派」（Scuola siciliana）の詩人たちの代表的な詩篇を収めて、ささやかなる詞華集を上梓することができた。この訳詩集はあくまでも訳者二人がこの詩派の詩人たちから約六十一篇の詩篇をそれぞれ気の向くままに摘み取って編み、且つ、〈付〉として古来人口に膾炙されてきた聖フランチェスコの「被造物の讃歌」一篇、それに「讃歌《ラウダ》」の完成者として神秘的な愛を歌い、ダンテ以前の最も重要な宗教詩人の一人とされるヤコポーネ・ダ・トーディの「聖母の悲歌集」三篇、さらに「シチリア派」を受け継ぎ、「清新体派」（Dolce Stil nuovo）を確立して発展させたグィード・グイニッツェリ及びダンテの「第一の友」(primo amico)と称され、彼の『新生』を献じられたカヴァルカンティからそれぞれ各一篇ずつを加えて成り立っている。

「シチリア派」に関しては上述した「シチリア派素描」を拝読願うとして、屋上屋を架すことを懼れるが、ここで少し付言してみたい。

「シチリア派」とは十三世紀前葉のシチリア島において、神聖ローマ皇帝にしてシチリア王国の王でもあったフェデリコ二世の宮廷(Magna Curia)を舞台にしたイタリア文学史上最初の俗語(初期イタリア語)を用いて作詩をする詩人群を称するものであるが、この詩派の命名はダンテに由来する。ダンテはその著『俗語詩論』*De Vulgari Eloquentia* 第1巻、XII. 2 においてこの詩派について次のように述べている。'Et primo de siciliano examinemus ingenium; nam videtur sicilianum vulgare sibi famam pre aliis asciscere, eo quod quicquid poetantur Ytali sicilianum vocatur, et eo quod per plures doctores indigenas invenimus graviter cecinisse, puta in cantionibus illis—

'Anchor che l'aigua per lo foco lassi
la sua gran freddura.........'

「先ず始めに、シチリア語の本質を調べてみよう。というのは、イタリア人が作詩したものは皆シチリアの詩と呼ばれて、また土着(シチリア)のより多くの学者(詩人)らが荘重に(雅な文体で、荘重な内容を)歌ったことをわれわれは知っているし、シチリア語は他の俗語群より優って名声を博しているように思えるからである。それはこれらの有名な詩歌に見て取れる――」と論じて、ダンテはグィード・デッル・コロンネの次の詩（本訳詩集のXXXI「恋は氷の炎となって」参照）を引用するのである。

「たとえ水は　火によって
　その素晴らしい冷気を　失おうとも……」

ダンテはこのように「シチリア派」の功績を称賛しており、イタリア文学の基礎を築いた流派としては極めて重要である。しかし、彼らが使用した言語は厳密にはシチリア語であるが、シチリア土着の方言そのものではなく、プロヴァンス語、ノルマン・フランス語、ドイツ語、ラテン語、ギリシャ語、さらにアラビア語からさまざまな言語要素の摂取を行いつつ、言語としての洗練度を高めた文学共通語としてのシチリア語であった。古来、シチリアは地中海上の要衝として東西文明の十字路と呼ばれ、ビザンティン、イスラム、ノルマン等々さまざまな異文化の坩堝として、中世文化の一大中心たるフェデリコ帝の宮廷には、時代を先取りした高度の中央集権化された支配機構が既に確立されつつあった。したがって、「シチリア派」の代表的な詩人たちには高位の官僚や法律家や公証人等を兼ねた人びとが多かった。例えば、この派の代表的詩人でソネット詩形を創案した「公証人」（notaro / notaio）であるジャコモ・ダ・レンティーニ、ラテン語の名散文家として名高いボローニャ大学出の法律家であったピエール・デッラ・ヴィーニャ、中世スコラ哲学の大成者の兄弟とも言われるリナルド・ダクィーノ、（異説もあるが）物語詩『トロイア滅亡史』（*Historia Destructionis Troiae*）を書いた裁判官グィード・デッレ・コロンネ、さらには民衆詩風のテーマを扱ったジャコミーノ・プリエーゼらがいて、さらにフェデリコ帝自身と彼の嫡子サルディーニャ王エンツォ等々が詩篇を書き遺している。これもフェデリコ帝の古典・古代文代や自然哲学の学問研究及び教養教育の奨励策の一環であったとされる。この流派の詩作のモデルは十二世紀初頭に南フランスに花開いた吟遊詩人トルバドゥールの宮廷風恋愛抒情詩である。この南仏語《ラング・ドック》の抒情詩は音楽を伴ったが、「シチリア派」の詩作品は音楽との結びつきを前提としなかった相違点がある。たしかに、彼らの詩の主題は主としていわゆる「至純の愛」（fin'amors）であり貴婦人への懸想が詠われるが、彼らはこの愛の性質や様態をめぐっていわば観念的で自然科学的な詮索を好んで行う傾向があった。詩形はカンツォーネが多く、それと並んでこの流派の頭目と見なされるジャコモ・ダ・レンティーニによってソネット（十四行詩）が考案され、使用され始めたことは重要である。しかし、南仏プロヴァンスの吟遊詩人トルバドゥールの影響を強く受けながらも、プロヴァンスの恋愛詩と「シチリア派」のそれとの間には詩人として天稟の落差のためか、「シチリア派」の詩人たちには後世にその名を残す人たちは少ない。この「シチリア派」の詩人たちの詩作品はともすれば余りに知的技法に基づき、主題的にも文体的にも極めて様式化されている。しかし、南仏トロバドゥールとのこの点での違いは、フェデリコ帝がローマ教皇庁への対抗文化政策を強固に推進して、その結果、彼の宮廷文化へも政治権力を介入させたことがその要因とされる。すなわち、その第一には、この派の代表的詩人たちは皆上層階級もしくは高級官僚に属する知識人たちであったことが挙げられる。さらに、その第二としては、彼らの歌う宮廷風恋愛詩が政治的内容と詩法的論争へ傾斜して、高度の詩的技法が尊ばれてソネット詩形も抒情詩としてよりも、論争詩の形態として持てはやされた傾向があることが挙げられよう。しかしながら、この「シチリア派」の主題と詩法はイタリアの南から北へ自治都市国家（コムーネ）が発達を遂げつつあったボローニャやトスカーナ派の詩人たちへ受け継がれていき、遂にはグィード・グイニツェッリやグィード・カヴァルカンティらによって確立された「清新体派」（Dolce Stil nuovo）に大きな影響を与えたことは特筆に値する。そして、ラテン語に固執して俗語を軽蔑し続けるローマ教皇庁に逆らい、中世では公式文章は教会の公用語のラテン語で書かれる慣わしに反して、シチリア王国の憲法たる「メルフィ憲章」（Constitutiones Melphitanae or Liber Augustalis）を誰でも理解できる俗語で書かせたフェデリコ帝に準《なら》って、この流派の詩人らはラテン語に対する揺籃期のイタリア語の文章語としての俗語の優位性を導き出したのである。この流派にこそ、長い伝統を誇るイタリア語の詩の泉源（fons et origo）があると言っても過言ではないであろう。

この訳詩集では「シチリア派」と称される詩人総勢十八名の詩作品六十一篇（実質六十三篇）と〈付〉として四名の六篇から成る詞華集《アントロギア》を編み上げた。訳者二人の役割分担は截然と区分することはできないが、凡そ目次に従えば、狩野がI-XI, XIII-XXIV, XXVI-XXVIII, XXX,

XXVI-XXVII, XL, XLII, XLV-XLVII, L, LIII-LIV, LIX-LX, 瀬谷がXIIi-iii, XXV, XXIX,XXXI-XXXV, XXXVII-XXXIX, XLI, XLIII-XLIV, XLVIII-XLIX, LI-LII, LVI-LVIII, LXIと〈付〉I-VIをそれぞれ一応分担して翻訳を試みた。翻訳に関して、フランス語に'Belles Infidèles'「不実な美女たち」という言葉があるが、これは「美しいが、原文に忠実でない翻訳」を意味する言葉とされる。われわれは「美しい訳文」を紡ぎ出す詩才に恵まれてはいないゆえに、少なくとも可能なかぎり原文に忠実に訳すべく心掛けた。よって、二人は絶えず原文に即し細部にわたって訳語の統一と全体の修正を何度も繰り返し推敲を試みた。したがって、本訳書は訳者二人の緊密な共同作業の成果であり、少ないことを心より冀う全体の遺漏や瑕疵は共に責任を負うものである。

また、中世ラテン文学の研究・翻訳に携わる者と、中世英語・英文学を専門とする新進気鋭の学者が、自らの浅学菲才をも顧みずに敢えてかかる訳詩集を編もうとした動機は、とある酒宴での二人の語らいの中で、陽光燦々たる「シチリア」という馥郁たる古代・中世文化の遺風を今に湛えるその風土と、南仏トルバドゥールの恋愛抒情詩の伝統を色濃く受け継ぐ「シチリア派」の詩人たちの恋愛抒情詩に共に深く心が魅かれて、彼らの詩作品を中世ヨーロッパ文学のコンテクストの中で味わいたいという願望に始まっている。よって、元来イタリア詩学のアマトゥールにすぎないわが身をも顧みずに、訳者二人は敢えてこのような訳詩集を編むことを企てた次第である。したがって、われらアマトゥールたちの気儘な仕事として気楽にお読み頂きつつも、併せて読者諸賢には忌憚のないご叱正ご教示を頂ければ幸いである。

最後に、このたび本訳書の出版にあたり、煩雑な校正を始めいろいろ貴重な助言を頂いた論創社の編集担当松永裕衣子さんにこの場を借りて心より御礼を申しあます。

平成二六年十一月　地始めて凍る立冬を迎えて

訳者

浦一章「ジャコモ・ダ・レンティーニにおけるマクロテクスト」『イタリア語イタリア文学 IV』東京大学大学院人文科学研究科, 2008, 47-160.
――「文学史のために―2つの覚書」『イタリア語イタリア文学 IV』東京大学大学院人文科学研究科, 2008, 161-244.
デッラ・ヴァッレ、ヴァレリア、ジュゼッペ・パトータ、草皆伸子訳『イタリア語の歴史―俗ラテン語から現代まで』白水社, 2008.
アンドレーアース・カペルラーヌス（瀬谷幸男訳）『宮廷風恋愛について―ヨーロッパ中世の恋愛指南の書』南雲堂 1993.
ヴァレンシー、モーリス（沓掛良彦、川端康雄　訳）『恋愛礼讃 中世・ルネサンスにおける愛の形』（叢書・ウニベルシタス 464）法政大学出版局, 1995.
村松真理子「天使のような貴婦人の系譜―シチリア派、清新体派からベアトリーチェの誕生まで―」『西洋中世研究』No.4. 所収 . 知泉書館, 2012.
パトータ、ジュゼッペ（岩倉具忠　監修、橋本勝雄　訳）『イタリア語の起源―歴史文法入門』京都大学学術出版会, 2007.
ピーター・ドロンケ（瀬谷幸男監・訳、和治元義博訳）『中世ラテンとヨーロッパ恋愛抒情詩の起源』論創社, 2012.
須賀敦子「ヤコポーネ・ダ・トーディの聖母マリアに捧げる三つの讃歌（ラウデ）」『日伊文化研究』15 号 pp.44 ～ 56, 日伊協会編、1977.
高山博　『中世シチリア王国』講談社現代新書　1999.
ジャン・ユレ（幸田礼雅訳）『シチリアの歴史』文庫クセジュ、白水社、2013.
小森谷慶子『シチリア歴史紀行』白水社 U ブックス、白水社、2009.

Medieval Literature; v. 99, Series A). Routledge, 1994.
Kay, George R., ed. *The Penguin Book of Italian Verse*. Penguin Books Ltd., 1958
Klinck, Anne L., ed. *Anthology of Ancient and Medieval Woman's Song*. Palgrave, 2004.
Lucas, St. John, ed. *The Oxford Book of Italian Verse: XIIIth century -XIXth century*, Clarendon Press, 1952.
de' Lucchi, Lorna, ed. *An Anthology of Italian Poems, 13th-19th Century*, Alfred A Knopf, 1922.
Wilhelm, James J., ed. *Lyrics of the Middle Ages: An Anthology*. Garland Publishing Inc., 1990.
————, ed. *Medieval Song*, Dutton, 1971.

ダンテ・アリギエーリ

ダンテ・アリギエーリ（平川祐弘訳）『新生』河出書房新社、2012.
————.（三浦逸雄訳）『新生』（角川文庫）1967.
————.（山川丙三郎訳）『新生』（岩波文庫）1948, 1997.
————.（岩倉具忠訳）『ダンテ俗語詩論』東海大学出版会, 1998.

イタリア文学史

Luperini, Cataldi, et al., eds. *La Scrittura e L'Interpretazione: Storia della letteratura italiana nel quadro della civiltà della letteratura dell'Occidente, 3 vols*.（1, dalle origini alla letteratura umanistica e rinascimentale）. Palumbo, 1999.
岩倉具忠他編『イタリア文学史』東京大学出版会, 1985
黒田正利『詳説イタリア文学史』（上巻）開成館, 1944.
デ・サンクティス『イタリア文学史 I　中世編』現代思想社 , 1970.
ポール・アリギエーリ（野上素一訳）『イタリア文学史』（文庫クセジュ）白水社, 1958.

関連参考文献

Mallette, Karla. *The Kingdom of Sicily, 1100-1250. A Literary History*. University of Pennsylvania Press, 2005.
天野恵、鈴木信吾、森田学、『イタリアの詩歌』三修社, 2010.
アウレリオ・ロンカーリア（岩倉具忠訳）「シチリア派」生誕七五〇周年によせて『イタリア学会誌』(34), 1-26. 1985.

参考文献抄

エディション、翻訳

Antonelli, Roberto, ed. *I Poeti della Scuola Siciliana, Vol. I: Giacomo da Lentini*, Arnoldo Mondadori Editore S.p.A.: Milano, 2008

Coluccia, Rosario, ed. *I Poeti della Scuola Sciliana, Vol. III: Poeti Siculo-Toscani*, Arnoldo Mondadori Editore S.p.A.: Milano, 2008

Contini, Gianfranco, ed. *Poeti del Duecento, 2 vols*. Riccardo Riccardi, 1960

Di Girolamo, Costanzo, ed. *I Poeti della Scuola Sciliana, Vol. II: Poeti della Corte di Federico II*, Arnoldo Mondadori Editore S.p.A.: Milano, 2008

Jensen, Frede., ed. *The Poetry of the Sicilian School* (Garland Library of Medieval Literature; v. 22. Series A). Garland Publishing, 1986.

Panvini, Bruno, ed. *Le Rime della Scuola Siciliana, 2 vols*. Olschki, 1964

Panvini, Bruno, ed. *La Scuola Poetica Siciliana, 2 vols*. Olschki, 1957

Silvia Masaracchio, ed. *La Scuola Siciliana: Antologia poetica*, Collana Bacheca Ebook, 2011.

下位英一（訳編）「シチリア派詩選（抄）」『世界名詩集大成 14（南欧・南米篇）』pp. 204-210, 平凡社, 1960

関連アンソロジーなど

'Abdulwahid Lu'lu'a, ed. *Arabic-Andalusian Poetry and the rise of the European Love-Lyric*. Strategic Book Publishing and Rights, 2013

Brittain, F., ed. *The Medieval Latin and Romance Lyric to A.D. 1300*, 2nd ed. Cambridge University Press, 1951.

Cirigliano, Marc A., ed. *Melancolia Poetica: A Dual language Anthology of Italian Poetry 1160-1560*. Troubadour Publishing Ltd., 1988.

Flores, Angel, ed. *An Anthology of Medieval Lyrics*, Modern Library, 1962

Goldin, Fredrick, ed. *German and Italian Lyrics of the Middle Ages*. Anchor Press, 1973.

Jensen, Frede, ed. *Tuscan Poetry of the Duecento: An Anthology* (Garland Library of

LX Ai, siri Deo, con' forte fu lo punto
LXI Per lo marito c'ò rio

〈付〉
I Altissimu, onnipotente, bon Signore
II Donna del paradiso
III Fiorito è Cristo nella carne pura:
IV Stabat mater dolorosa
V Al cor gentil rempaira sempre amore
VI Fresca rosa novella

各詩の第一行

I　Madonna, dir vo voglio

II　Meravigliosa-mente

III　Guiderdone aspetto avere

IV　Amor non vole ch'io clami

V　Dal core mi vene

VI　Uno disïo d'amore sovente

VII　Amando lungiamente

VIII　Madonna mia, a voi mando

IX　S'io doglio no è meraviglia

X　Poi no mi val merzé né ben servire

XI　Dolce coninziamento

XII　i　Solicitando un poco meo savere（Iacopo Mostacci）

ii　Però ch'amore no si pò vedere（Pier della Vigna）

iii　Amore è un disio che ven da core

XIII　Lo giglio quand'è colto tost'è passo

XIV　Sì come il sol che manda la sua spera

XV　Or come pote sì gran donna entrare

XVI　Molti amadori la lor malatia

XVII　Ogn'omo ch'ama de' amar so 'nore

XVIII　A l'aire claro ò vista ploggia dare

XIV　Io m'aggio posto in core a Dio servire

XX　Sì alta amanza à pres'a lo me' core

XXI　Sì como 'l parpaglion ch'à tal natura

XXII　Chi non avesse mai veduto foco

XXIII　Diamante né smiraldo, né zafino

XXIV　Quand'om à bon amico leiale

XXV　Sovente Amore n'à ricuto manti

XXVI　Lo mio core che si stava

†編訳者
瀬谷　幸男（せや・ゆきお）

1942年福島県生まれ。1964年慶應義塾大文学部英文科卒業、1968年同大学大学院文学研究科英文学専攻修士課程修了。1979～1980年オックスフォード大学留学。武蔵大学、慶應義塾大学各兼任講師、北里大学教授など歴任。現在は主として、中世ラテン文学の研究、翻訳に携わる。主な訳書にA. カペルラーヌス『宮廷風恋愛について―ヨーロッパ中世の恋愛指南の書―』（南雲堂、1993,）、『完訳 ケンブリッジ歌謡集―中世ラテン詞華集―』（1997）、ロタリオ・デイ・セニ『人間の悲惨な境遇について』（1999）、G. チョーサー『中世英語版 薔薇物語』（2001）、ガルテース・デ・カステリオーネ『アレクサンドロス大王の歌―中世ラテン叙事詩』（2005）、W. マップ他『ジャンキンの悪妻の書―中世アンティフェミニズム文学伝統』（2006）、ジェフリー・オヴ・モンマス『ブリタニア列王史―アーサー王ロマンス原拠の書』（2007）、『放浪学僧の歌―中世ラテン俗謡集』（2009）、『マーリンの生涯―中世ラテン叙事詩』（2009）（以上、南雲堂フェニックス）、P. ドロンケ『中世ラテンとヨーロッパ恋愛抒情詩の起源』（監・訳、論創社、2012）、W. マップ『宮廷人の閑話―中世ラテン綺譚集』（論創社、2014）がある。また、S. カンドウ『羅和字典』の復刻監修・解説（南雲堂フェニックス、1995）、その他がある。

狩野　晃一（かのう・こういち）

1976年群馬県生まれ。1999年駒澤大学文学部英米文学科卒業、2005年同大学大学院人文科学研究科英米文学専攻博士課程修了。博士（英米文学）。2010年～2011年オックスフォード大学客員研究員。現在、東北公益文科大学准教授。専門は歴史英語学、中世英語英文学、中世ヨーロッパ文学。主な共編著に『ことばと文学―池上昌教授記念論文集―』（英宝社、2004）、『梅檀の光―富士川義之教授・久保内端郎教授 退職記念論文集―』（金星堂、2010）、『文学の万華鏡―英米文学とその周辺』（れんが書房新社、2010）、*The Katherine Group: A Three-Manuscript Parallel Text*（Peter Lang、2011）、『チョーサーと中世を眺めて―チョーサー研究会20周年記念論文集―』（麻生出版、2014）、その他がある。

シチリア派恋愛抒情詩選――中世イタリア詞華集

2015年2月10日　初版第1刷印刷
2015年2月20日　初版第1刷発行

編訳者　瀬谷　幸男
編訳者　狩野　晃一
発行者　森下　紀夫
発行所　論創社
東京都千代田区神田神保町2-23　北井ビル
tel. 03（3264）5254　fax. 03（3264）5232
web. http://www.ronso.co.jp/
振替口座　00160-1-155266

装幀／奥定泰之
組版／フレックスアート
印刷・製本／中央精版印刷
ISBN978-4-8460-1401-8